KB102873

신을 지키는
아이

신을 지키는 아이

히로시마 레이코 글 · 김정화 옮김

꿈꾸다

차례

서장

그날 밤 잔치는 지금도 또렷하게 기억하고 있다.

그랬다. 즐거운 잔치였다.

끝도 없이 내오는 맛있는 음식들. 마시고 싶은 만큼 실컷 마시라고 마당에 놓여 있는 커다란 술통. 아이들의 웃음소리. 노인들이 불어대는 피리 소리.

마당에는 커다란 화톳불이 올라가고, 집집마다 환하게 불이 밝혀져 있었다. 기둥에는 풍작을 기원하는 볏단이 걸리고, 들보에는 으름과 포도 덩굴이 감겨 있었다.

딱 하나 마음에 걸리는 것은 사람들 얼굴이 평소와 달랐다. 얼굴은 웃고 있는데 왠지 어색하게 눈은 맞추려고 하지 않았다. 이상하다고 생각했지만, 딱히 경계는 하지 않았다. 그럴 필요는 없다고 생각했다. 주위에는 모두 아는 얼굴들뿐이었으니까. 지난 십 년 동안 내가 지키고, 돕고, 마음을 통해온 집안의 사람들이다. 가장 어렸던 꼬마 아이가 벌써 훌륭한 청년으로 자라 있었다.

당신 덕분이다. 당신이 부를 가져다주었고, 우리를 지켜주었기 때문이다.

그렇게들 말해주어서 정말 기뻤다.

앞으로도 항상 그들과 함께 지낼 것이다.

기쁨을 곱씹으면서 권해주는 대로 술을 홀짝홀짝 받아 마셨다.

그때 집안의 우두머리가 다가왔다.

선물이 있으니 눈을 감아주세요.

그렇게 말하기에 바로 눈을 감았다.

그러나 그것이 실수였다.

무언가 묵직한 것이 절그렁 목에 걸렸다.

다음 순간, 몸이 짜부라지는 듯이 눌리는 아픔을 느꼈다.

바닥에 쓰러지면서도 기를 쓰고 고개를 들었다. 사람들이 이쪽을 보고 있었다. 그 중에서 얼굴이 하얗고 당당한 표정의 한 젊은이가 무어라고 소리쳤다. 뭐 하는 짓이냐고 말하는 것 같았다.

그러나 거기까지가 한계였다.

아픔을 견디지 못하고 마침내 정신을 잃고 말았다…….

아고 저택

치요 앞에는 산이 막혀 있었다.

산이라고는 하지만 그리 높지는 않았고, 그 뒤로 더 큰 산들이 첩첩이 이어져 있다. 그렇지만 이 산은 다른 산에는 없는 것이 있었다.

돌계단이다. 길고 긴 돌계단이 산 중턱까지 곧장 뻗어 있다. 그리고 그 돌계단 끝에 저택이 있었다.

산기슭 눈 쌓인 벌판에서 치요는 멍하니 그 저택을 바라보았다.

성처럼 거대한 저택이었다. 돌담은 높아서 거의 산을 둘로 나눈 것처럼 휘이 돌아 둘러 있다. 그 담장 안에는 집이 여러 칸 들어서 있을 것이다. 빨간 기와지붕 여러 개가 보였다.

치요는 그 선명한 색에 눈길을 빼앗겼다.

계절은 음력 삼월 말. 봄은 코앞으로 다가왔지만, 이 주변은 여전히 눈이 두껍게 쌓여 있고, 산들도 거무스름하게 가라앉아 있다. 그 을씨년스러운 풍경 속에서 빨간 지붕은 따뜻하게 타오르는 불처럼 보였다.

치요는 문득 '저기에 가는 거구나.'라고 깨달았다.

"이제 조금만 가면 돼."

이 눈벌판 초입에 도착했을 때, 안내해 준 아저씨는 "저 산까지 가는 거다."라고 가르쳐 주었다. 하지만 그때는 짐작도 되지 않았다. 산까지는 아직 멀었고, 저 빨간 지붕도 그저 빨간 점으로밖에 보이지 않았으니까.

그러나 지금은 이렇게 크고 뚜렷하게 보인다.

"저기가 아고 저택이야. 이제부터 네가 신세를 지게 될 곳이지. 이제 조금만 참고 기운 내거라."

아저씨 말에 치요는 고개를 끄덕였다.

고향을 떠난 지 여드레. 아저씨를 따라서 아침부터 밤까지 줄곧 걷기만 했다. 열두 살 소녀에게는 몹시 힘든 여행이었지만, 그것도 이제 곧 끝난다.

이제 무거운 도롱이와 축축하고 차가운 짚신을 신은 채 눈길을 걷지 않아도 된다.

그렇게 생각하자 곱아 오그라졌던 손발에도 힘이 들어갔다.

쉬지 않고 돌계단을 계속 올라가자 마침내 문에 당도했다. 치요는 태어나서 이렇게 큰 문은 본 적이 없다. 게다가 문에는 온통, 엄니를 내밀고 있는 늑대 모습이 새겨져 있다. 늑대들이 진짜로 달려드는 것 같아서 치요는 자기도 모르게 몸이 움츠러들었다.

아저씨가 웃었다.

"이것들이 귀신을 쫓아내 준대. 늑대는 무섭지만, 산을 지키는 산신이기도 해. 나쁜 잡귀를 물어서 몰아내 준다고 하더라."

"그, 그런 거예요……?"

"그래. 일부러 멀리 도읍에서 장인들을 불러와서 이 문을 만들었다더라. 이제 이 문을 열어줘야 들어갈 텐데. 어이, 이보게!"

아저씨가 큰 소리로 불렀다. 잠시 기다리자 문 저편에서 또렷하지 않은 목소리가 들렸다.

"누구냐?"

"미쿠니에서 온 주로라네. 유사이 님의 부탁을 받고 여자아이를 데리고 왔어. 문 열어주게."

"아, 알았어."

끼기기 하고 묵직한 소리를 내며 천천히 문이 열리기 시작했다. 아저씨는 문이 다 열리지도 않았는데 문틈으로 슬그머니 들어갔다. 치요도 놀라서 그 뒤를 따라갔다.

들어가서 제일 먼저 눈에 들어온 것은 커다란 건물이었다. 아마도 이것이 본채인 것 같다. 반지르르 윤기가 나는 기둥과 복도가 보이고, 하녀들이 바쁘게 청소를 하고 있었다.

본채 양옆에는 큼직한 곳간과 마구간이 있었다. 그 뒤에는 또 여러 채의 곳간과 별채로 보이는 집이 있는 것 같았다.

저택 안은 흰 바닥 돌이 놓여 있어, 안채와 여기저기 있는 별채나 곳간 등을 이어주고 있다. 그 길을 따라 훌륭한 정원수가 심어져 있었다.

어쨌든 모든 것이 훌륭하고 뛰어나다. 여기 사는 분이 영주님이나 천황님이라고 해도 치요는 놀라지 않았을 것이다.

입을 딱 벌리고 올려다보고 있을 때였다.

"쿠웅!"

갑작스러운 소리에 놀라 치요는 펄쩍 뛰었다.

돌아보니 덩치가 큰 문지기들이 문을 닫고 있었다. 그 문에는 다시 빗장이 단단히 채워졌다.

갇혀 버렸다.

치요는 왠지 그런 생각이 들어서 오스스 소름이 끼쳤다.

저택에 도착했을 때 느꼈던 안도감과 감동이 한순간에 싸늘하게 식어버렸다. 치요는 무턱대고 달아나고 싶어져서 자기도 모르게 문으로 냅다 뛰려고 했다.

"크어엉! 크엉!"

뱃속 깊은 곳에서 울리는 것 같이 무시무시하게 짖어대는 소리에 치요는 다시 한번 펄쩍 뛰었다.

돌아보니 문 양옆에는 작은 오두막이 한 칸씩 있었다. 하나는 문지기가 쉬는 곳인지 열려있는 문 너머로 난로와 짚으로 짠 둥그런 방석 두 개가 보였다.

나머지 다른 오두막은 더 크고 문대신 격자 창살이 달려 있고, 그 너머에 개가 몇 마리 있었다.

빨간 털, 얼룩이, 검정, 줄무늬. 털 빛깔은 달랐지만, 하나같이 몸집이 늑대만큼 컸다. 어쩌면 늑대 피가 섞여 있을지도 모른다. 광채가 나는 눈이 얼마나 무서운지 말로 하기 어려웠다. 침을 날리며 짖어대는데 금방이라도 창살을 뚫고 나올 기세다.

치요 뿐 아니라 옆에 있던 아저씨도 겁을 집어먹고 몸이 굳었다. 그때 문을 지키는 문지기 남자가 소리를 질렀다.

"이봐, 이누마루! 개를 조용히 시켜!"

한 남자가 멀거니 이쪽으로 왔다. 몸집이 작은 젊은 남자인데 눈은 흐리멍덩하고 움직임은 둔했다. 그러나 그 남자가 개들에게 다가가 혀를 차며 뭐라고 말하자 개들이 순간 얌전해졌다.

이제 됐다 싶어 아저씨는 치요를 잡아끌고 안채로 향했다. 가다가 '후우' 하고 숨을 내쉬었다.

"야아아. 이 집 개들은 여전히 무섭다니까. 이누마루가 있어서 다행이야."

"이누, 마루요?"

"아까 그 젊은 녀석 말이다. 이 집에서 고용한 아인데, 개를 돌보고 있어. 당최 말수가 없고, 다른 사람하고 말도 잘 섞지 않는 모양이야. 그 대신 개 다루는 거 하나는 나무랄 데 없지. 아무리 성질이 거친 개도 저 녀석한테 걸리면 응석 부리는 고양이처럼 얌전해진다고 하더구나. 어쨌든 밤이면 저 개집에서 개들하고 같이 잔다더라."

"아, 그래요?"

다시 한번 이누마루를 보고 싶어서 치요는 몸을 돌리려고 했다. 그러나 그 전에 벌써 본채에 도착해 버렸다.

본채의 문과 봉당은 말이 들어갈 만큼 넓었다. 푹 젖은 짚신과 도롱이를 벗고 치요는 저택으로 올라갔다.

곧 중년 여자가 안에서 나왔다.

"주로, 왜 이렇게 늦었나? 유사이 님이 기다리셨다네. 자, 빨리빨리."

치요와 안내를 맡은 남자는 거의 종종걸음으로 복도를 걸어가 안쪽으로 들어갔다. 그곳에는 남자 두 명이 기다리고 있었다.

한 사람은 나이 든 남자였다. 묵직하게 짠 기모노 위에 사슴 가죽으로 지은 따뜻한 하오리를 걸치고 있다. 그러나 싸늘한 표정 탓인지 온기라고는 전혀 느껴지지 않았다.

또 한 사람은 스무 살 정도의 젊은이였다. 이쪽도 사치스러운 옷감으로 지은 기모노를 입고, 허리에는 단도를 차고 있었다. 몸집은 크고 듬직하다. 검게 그을은 피부지만 뚜렷한 생김새가 젊은 무사 같다. 그러나 무언가에 쫓기는 듯 다급한 눈초리다.

나이 든 남자가 물끄러미 안내인 남자를 노려보았다.

"왜 이리 늦었나?"

"송구하옵니다. 눈이 발길을 붙잡아서요. 하지만 이 아이는 아주 당찹니다. 여기 올 때까지 우는소리 한마디 안 하더라고요. 어르신이 원하시던 강한 아이라고 생각합니다."

"그래. 역시 거친 땅에서 자란 아이를 고르길 잘했군. ……주로, 자네는 물러나게. 이 아이에게 할 말이 있네."

"아, 예에."

안내인 남자는 쩔쩔매면서 물러나고, 치요 혼자서 남자들과 마주하게 되었다.

남자들, 특히 나이 든 남자는 치요를 위에서 아래까지 찬찬히 훑어보았다.

치요는 온몸에 소름이 끼쳤다. 눈길을 걸어왔기 때문에 몸은 뼛속까지 시렸다. 그러나 남자의 시선은 더 서늘했다. 막 사들인 말이나 소를 살피는 것 같은 눈이다.

치요는 몸을 떨면서 두 손을 잡고 머리를 숙였다. 그때 남자가 말을 건넸다. 덮쳐 누르는 듯 무거운 목소리였다.

"이름이 뭐냐?"

"치, 치요라 합니다."

"나이는 열둘이라고 들었는데 아주 작구나."

"……."

"뭐, 괜찮다. 너를 배 곯리지 않게 실컷 먹여주고, 입을 것도 주마. 그 대신 빈틈없이 일해야 한다."

"예에."

치요는 고개를 끄덕였다. 병약한 어미를 대신해 밥도 짓고 옷도 고치며 살아왔다. 밭일도 했고 때로는 가까운 숲에 들어가 약초나 버섯을 따서 살림에 보태기도 했다. 웬만한 일은 다 할 수 있다.

하지만 남자는 생각지도 못한 말을 했다.

"너에게 특별한 일을 줄 작정이다. ……어떤 분의 수발을 들고, 이야기 상대를 해드리면 된다."

"이야기 상대라고요?"

"……그분은 사람 만나기를 몹시 꺼린다. 허나 너 같은 어린 여자애라면 마음을 열지도 모르지. 기분을 잘 맞춰 드리면 너에게 상을 듬뿍 주겠다. 그러니 정성을 다해 모셔라. 알겠느냐?"

강요하는 듯한 말투에 치요는 고개를 끄덕이는 수밖에 없었다.

아이의 솔직함이 마음에 들었는지 남자의 표정이 조금 누그러졌다.

"아, 늦었지만 나는 이 집의 당주인 아고 유사이고, 이쪽은 내 둘째 아들 헤이하치로다."

헤이하치로라고 한 젊은이는 치요를 노려보듯이 응시하고 있었다. 화가 난 것 같기도 하고 기대를 품은 것 같기도 한 눈빛이다.

망설이면서도 치요는 다시 머리를 숙였다.

"자, 잘 부탁드립니다."

"으음. 그럼 얼른 그분에게 가도록 해라. 하지만…… 그런 꼴로는 보기 안 좋구나. 헤이하치로, 이 아이의 옷을 갈아입히고 별채로 데리고 가라."

"예, 아버님."

헤이하치로는 "따라와라."라고 말하고 치요를 밖으로 데리고 나갔다. 치요는 헤이하치로 뒤를 바짝 따라가면서 몸이 움츠러들었다. 헤이하치로의 옷에서 묘한 냄새가 풍겨왔기 때문이다. 삼백초와 달래를 섞은 것 같은 역겨운 냄새인데, 향이 꽤 진했다.

이렇게 멋진 옷을 입은 젊은 분한테 왜 이런 이상한 냄새가 날까?

치요는 속으로 고개를 갸웃거렸다.

헤이하치로를 따라간 곳은 저택 제일 동쪽에 있는 방이었다. 오두막 정도 넓이였다. 그곳을 가리키며 "여기가 네 방이다."라고 해서 치요는 눈알이 튀어나올 정도로 놀랐다.

"여, 여기가요?"

"그렇다. 거기 있는 대바구니에 옷을 조금 넣어 두었다. 나중에 살펴보고 모자란 것이 있으면 말하면 된다. 아아, 그 끝에는 작지만 목욕실이 있다. 거기도 너 혼자 쓰면 된다. 맘대로 써라."

치요는 점점 더 놀랐다. 자기 방에, 자기 목욕실. 믿을 수 없는 사치다.

멍하니 있는 치요에게 헤이하치로는 단호한 말투로 말했다.

"단 함부로 저택 밖으로 나가면 우리 개들을 풀어버릴 거다. 밖에 볼일이 있을 때는 먼저 나한테 말해라. 이것 말고도 해둘 말은 있지만, 그건 나중에 해도 되겠지? 먼저 옷을 갈아 입어라. 젖은 것 같은데 그대로 있다가 감기에 걸릴라."

그렇게 말하고 헤이하치로는 방구석에 놓여 있는 대바구니로 다가가더니 안에서 옷을 하나 꺼냈다.

"자, 이거라도 입어둬."

건네준 것은 두툼한 복숭아색 천에 흰색과 하늘색 패랭이꽃이 흩어져 있는 솜옷이었다. 새로 지은 옷은 아닌 것 같았지만 더러운 곳도 낡은 곳도 눈에 띄지 않았다. 누군가 고작 몇 번쯤 입은 것 같았다. 너덜너덜한 낡은 옷 말고는 입어본 적 없는 치요는 눈이 부셨다.

"어, 어떡하지……."

아름다운 옷을 보고 치요는 그만 주눅이 들어 버렸다. 그런 치요에게 헤이하치로는 연지색 허리끈을 쓰윽 밀어주었다.

"빨리 갈아입어. 나는 저기 복도에서 기다리고 있을 테니까."

헤이하치로는 그렇게 말하고 방을 나갔다.

정말로 이 옷을 입어도 되는 모양이다.

치요는 젖은 옷을 벗고, 가슴을 두근거리면서 솜옷을 입었다. 천이 살에 닿는 촉감이 좋고 따뜻했다. 자기도 모르게 그 느낌에 빠져 있는데 복도에 있는 헤이하치로가 큰 소리로 불렀다.

"이제 다 됐느냐?"

"아, 네, 네에."

치요는 서둘러 방을 나왔다. 기다리고 있던 헤이하치로는 치요를 한 번 훑어보고 고개를 끄덕였다.

"아주 잘 어울리네. 좋았어. 따라와. 별채로 가자."

어둠 속의 소녀

별채는 치요의 방 바로 옆에 있었다. 툇마루 같은 복도 하나로 본채와 이어져 있다.

겉보기에는 곳간이랑 비슷했다. 벽은 회반죽을 발라 단단히 굳혔는데 창은 없고, 문만 딱 하나 달려 있었다.

이상하게도 그 건물은 희미해 보였다. 어두운 안개 같은 것이 별채 전체를 감싸고 있는 느낌이었다.

별채를 보자마자 치요는 좋지 않은 느낌이 들었다. 어쩐지 기분이 으스스했다. 그러나 헤이하치로가 척척 앞서 걸었기 때문에 치요도 따라갈 수밖에 없었다.

문 앞에 도착해서 치요는 다시 한번 놀랐다. 문에는 쇠로 된 자물쇠가 세 개나 채워 있었다. 헤이하치로는 열쇠 꾸러미를 꺼내 자물쇠를 하나씩 따 나갔다.

마침내 문이 열렸다.

"자, 들어가."

안에 들어가자마자 치요는 자기도 모르게 손으로 입과 코를 막았다.

몸에 엉겨붙는 것 같이 고여 있던 공기가 쓰윽 밀려왔기 때문이다. 숨을 들이마셨더니 목과 입안이 끈적끈적했다. 마치 공기 자체가 썩은 것 같다. 안이 어두운 탓에 숨쉬기가 더 괴롭게 느껴졌다.

그때 헤이하치로가 초에 불을 켰다. 조금 밝아져서 마음이 놓인 것도 잠시, 치요는 다시 몸이 딱딱하게 굳었다. 눈앞에 두꺼운 격자 창살이 쳐져 있었기 때문이다.

격자 창살은 문 바로 앞에 있었다. 보기에도 튼튼해서 북쪽 나라의 커다란 곰이라도 가둘 수 있을 것 같았다. 자세히 보면 천장도 마찬가지로 격자 창살로 덮여 있다. 마치 커다란 우리 같다.

이상한 곳이라고 생각하면서 치요는 격자 창살 너머로 눈길을 돌렸다. 안은 보통 집과 거의 다르지 않았다. 장지문이 있고 거기에 방이 있다.

그러나 제일 안쪽에는 낯선 것이 눈에 띄었다. 밧줄을 꼬아 만든 두꺼운 검은 금줄 하나가 장지문 위에 쳐져 있었다.

금줄은 까맣고, 중간에 끼워 늘어뜨려 놓은 종이도 새까매서 아주 불길한 기운을 자아내고 있었다.

그리고 금줄 너머에는 어둠이 있었다.

헤이하치로는 격자 창살문을 열더니 치요를 안으로 밀어넣었다. 그리고 자기는 안으로 들어가지 않고 그대로 문을 닫고 자물쇠를 채워버렸다.

치요는 놀라서 창살에 매달렸다.

"무, 무슨 일이에요?"

"여기부터는 너의 일이다. 오른쪽에 문이 보이지? 거기를 열면 뒷간이 있어. 볼일은 거기서 봐라."

"그, 그렇지만……"

"자, 이걸 가지고 가라."

창살 너머로 넘겨준 것은 작은 술병과 술잔이었다. 병은 무겁고 안에서 술 냄새가 났다.

"특별히 준비한 청주다. 우리를 지켜주는 그분께 그 술을 드시게 하는 게 너의 일이다."

"지켜 주는 분……?"

"안을 보아라."

헤이하치로는 금줄을 가리켰다.

"금줄이 보일 것이야. 그 너머에 우리 아고 가문을 지켜 주는 보호신이 계신다. 우리 가문에 부와 운을 가져다 주시는 분이다. 그래서 우리는 그분을 보호신이라고 부른다."

헤이하치로는 얼굴을 일그러뜨리며 말했다. 괴로운 말투였다.

치요는 한번 더 금줄 너머를 보았다. 검은 금줄 안쪽에 펼쳐진 꺼림칙한 어둠. 그 어둠 속에는 분명히 무언가가 헐떡거리고 있었다.

헤이하치로가 뒤로 물러나는 치요의 어깨를 창살 밖에서 밀었다.

"자, 가라. 가서 그분에게 술을 권해라. 뭣하면 이야기 상대도 해드려. 그렇지만 쓸데 없는 말을 듣거나 떠들지 마라. 그리고 그분이 무언가 청을 하면 그것이 무엇이든 전부 나한테 전해라. 알겠지?"

헤이하치로의 번뜩거리는 눈이 무서워서 치요는 아무 말 없이 머리를 끄덕였다.

부들부들 떨면서 치요는 금줄 있는 곳까지 다가갔다.

"저어 시, 실례하겠습니다……"

어둠 속으로 한 걸음 더 들어가자 한층 더 숨쉬기가 힘들어졌다.

참지 못하고 기침을 콜록거리는데 갑자기 서늘한 기운이 느껴졌다.

무언가가 가까이에 있다.

그 순간 숲속 짐승이 머리에 떠올랐다. 숲에 들어가면 어느

새 짐승이 옆에 와서 가만히 이쪽을 바라보고 있는 경우가 있다. 이 기운은 그것하고 비슷하다. 그러나 여기에 절대 그런 짐승이 있을 리 없다.

큰맘 먹고 얼굴을 들어 보니 눈앞에 한 소녀가 서 있었다.

여덟 살 정도의 아름다운 소녀였다. 무늬 없는 빨간 옷에 검은 하카마를 걸치고 목에는 까만 쇠로 된 가는 고리를 차고 있다. 피부는 금색이 도는 갈색이다. 긴 머리는 여우털 같은 선명한 황갈색이다. 붉은 기운을 띤 금색 눈은 반짝반짝 불꽃처럼 빛났다.

그런데 그 표정은 딱딱하게 굳어 어리거나 천진난만함 같은 것이 전혀 없었다. 대신 팽팽하게 긴장된 고상함과 다른 사람을 밀어내는 차가움이 있었다.

얼마나 아름답고 얼마나 애처로운지……

치요는 인사하는 것도 잊고 그저 소녀를 계속 바라보았다.

소녀도 치요를 물끄러미 보았다. 소녀가 마침내 붉은 입술을 조금 열었다.

"그대는 아고 사람이 아니로군."

조용하게 방울을 굴리는 것 같은 목소리였다. 샘물이나 바람이 속삭이며 말을 거는 것 같은 신비로운 울림이 있었다.

사람의 목소리가 아니었다. 사람이 이런 목소리를 낼 수 있을

리가 없다.

치요는 문득 무서워져서 얼른 몸을 납작 숙였다. 그저 납작 엎드려 있으니 다시 말을 걸어왔다.

"그대의 이름은?"

"치, 치요라고 합니다!"

"왜 여기에 왔지?"

"다, 다, 당신을 상대하라고 해서 왔습니다!"

"……."

소녀의 눈이 어둡게 흐려졌다.

이래서는 안 되겠다고 생각해서 치요는 머뭇거리며 물었다.

"저, 다, 당신을 뭐라고 부르면 되겠습니까?"

"아고 사람들은 그것조차 말하지 않았더냐?"

"네, 네에. 저 아고의 보호신이라고……."

그 순간, 소녀의 작은 몸이 열 배로 부풀어 올랐다. 아니, 치요에게는 부풀어 오른 것처럼 보였다.

"크아아아아아아앗!"

소녀의 입이 떡 벌어지더니 짐승 같은 울부짖음이 오래오래 이어졌다.

그 예쁜 소녀는 이미 어디에도 없었다. 눈은 새빨갛게 불타오르고, 입은 귀까지 찢어지고, 날카로운 엄니가 내보였다. 머리카락은 거꾸로 솟구쳐 마치 불꽃 덩어리 같았다.

치요는 비척비척 뒤로 물러났다. 숨을 쉬기도 괴로웠다. 소녀한테서 뿜어져 나오는 격렬한 분노에 살갗으로 욱신욱신 통증이 밀려왔다.

달아나야 한다. 어쨌든 도망쳐야 한다.

필사적으로 생각하며 금줄 바깥으로 기어 나왔다. 그 순간 공기가 부드러웠다.

살았다.

치요는 그 자리에서 정신을 잃었다.

정신을 차렸더니 치요는 자기 방에 누워 있었고, 아고 헤이하치로가 자신을 내려다보고 있었다.

"앗!"

벌떡 일어나 넙죽 엎드리는 치요에게 헤이하치로는 혼잣말처럼 말했다.

"빨리도 화를 돋구었구나."

"죄, 죄송합니다."

"아, 아니다. 네 탓이 아니야. 이렇게 될 거라고 생각했어."

"네엣?"

"아이에게 그분의 수발을 들게 하자는 건 형님의 생각이었어.

나는 반대했지. 아이가 어떻게 해볼 상대가 아니니까. 그렇지만 아버님은 들으려고 하지 않았어. 형님의 말은 뭐든 옳다고 생각하니까."

"……."

"제길! 형님 말만 믿으신다니까. 나도 조금은 인정해주시면 좋을 텐데."

원망스럽게 중얼거리는 헤이하치로 앞에서 치요는 손끝 하나 까딱할 수 없었다. 미끈미끈한 식은땀이 겨드랑이 밑과 목덜미에서 흘러내렸다.

나는 보호신이라는 그 소녀를 기쁘게 하기는커녕 화나게 해서 실패하고 말았다. 어떤 벌을 받게 될까?

벌벌 떠는 치요에게 헤이하치로가 말했다.

"괜찮아. 무사히 돌아온 것만으로 됐어. 오늘은 천천히 쉬어라. 내일 날이 밝으면 다시 그분에게 가야 하니까."

"넷?"

눈이 휘둥그레지는 치요를 헤이하치로는 안타깝게 보았다.

"너는 오로지 보호신을 모시게 하려고 사 온 아이다. 보호신이 마음을 열 때까지 몇 번이라도 다시 별채로 보낼 것이다. 이건 아버님의 명령이야. ……가엾지만 나로서는 어찌 할 수가 없어."

부디 용서해달라고 치요는 소리칠 뻔 했다. 두 번 다시 그 무서운 소녀를 만날 그런 용기는 도저히 없었다.

그러나 치요가 그렇게 말하려고 했을 때 헤이하치로는 진지한 얼굴로 말했다.

"넌 운이 좋아. 보호신이 죽이지 않았으니까."

치요는 찬물을 뒤집어쓴 기분이었다.

운이 좋다. 죽임을 당하지 않았으니까.

그것은 치요가 죽임을 당해도 이상할 게 없다는 뜻이다. 그리고 헤이하치로는 그것을 알고 있으면서 치요를 그 방에 보냈다는 뜻이다.

문득 생각했다. 정말 무서운 것은 그 방 안에 있는 보호신이 아니라, 아고 가문 사람들이 아닐까 하고.

아구리코

다음 날, 치요는 퉁퉁 부은 눈으로 아침을 맞았다. 그 이글거리던 벌건 눈이 머리에서 떠나지 않아 결국 한숨도 못 잤다.

오늘도 다시 그분을 만나러 가야 한다. 그 생각을 하자 몸의 떨림이 멈추지 않았다.

이불 속에서 웅크리고 있는데 "아침 먹어요."라고 하녀가 아침을 가져왔다. 아침상은 호화스럽지만 치요는 거의 먹을 수 없었다. 목으로 넘어가지가 않았다.

아침 식사가 끝나자 헤이하치로가 찾아왔다.

"할 일을 해야지, 치요. 자 나와라."

그렇게 해서 치요는 다시 별채의 창살 안으로 내던져졌다.

"오늘은 꼭 부탁한다, 치요. 한 모금이라도 좋으니까 술을 마시게 해라. 그렇지 않으면 조금이라도 기분을 맞추든지. 알았어?"

건네준 술병에는 찰랑찰랑 술이 들어 있었다. 치요는 머뭇거리며 되물었다.

"저어……, 그렇게 어린 분에게 술을 마시게 해도 진짜 괜찮아요?"

"너…… 아직도 모르는 거냐?"

어이가 없다는 듯이 헤이하치로는 치요를 보았다.

"보호신은 사람이 아니다. 저렇게 어린애 같이 생겼지만 우리 아버지보다도 훨씬 나이가 많아. 아무튼 이 아고 집안에서만 해도 구십 년은 계셨으니까."

"구, 구십 년이요!"

"그래. 그만큼 나이를 먹고 힘도 센 존재야. 그러니 실수하지 않도록 해라. 그리고 조심해. 위험하다고 느끼면 바로 도망쳐 나와."

치요는 겁을 집어먹은 채 술을 들고 금줄을 넘어 안으로 들어갔다.

역시 소녀는 거기에 있었다. 치요를 기다렸다는 듯이 어둠 속에 앉아 있다. 이상한 것은 금줄을 넘어 들어오기 전까지는 그 모습이 보이지 않는다는 점이다.

그러나 치요에게는 이런저런 생각을 할 여유가 없었다. 산속에서 곰을 만났을 때처럼 치요는 조심조심 움직였다. 절대로 상대를 자극하거나 경계할 행동은 하지 않았다.

간신히 무릎을 꿇고 머리를 숙였다.

"아, 안녕히 주무셨습니, 까?"

모기 우는 소리로 앵앵거리는 치요의 인사에 그 이상한 울림의 목소리가 대꾸해왔다.

"잘 잤느냐고? 그래, 밝은 아침이구나."

어엇 하고 자기도 모르게 고개를 든 치요를 소녀는 빤히 보고 있다. 불그스름한 눈이 오늘은 아주 조용했다.

"어제는 미안했다, 치요. 그대는 아무런 잘못도 없는데. 날 보호신이니 뭐니 지껄이는 아고 녀석에게 도무지 화를 참을 수가 없었어. 이제 앞으로 두 번 다시 그대에게 그런 모습 보이지 않겠다고 약속하마."

"예에, 예."

치요는 눈을 껌벅이면서 고개를 주억거렸다. 아무튼 오늘 소녀는 화가 나지는 않은 것 같다. 일단은 그것이 고마웠다. 이 평온함이 이어지는 동안에 어떻게든 소녀와 친해져야 한다.

"저어……."

부르려고 하다가 치요는 다시 입을 우물거렸다. 아직 소녀의 이름을 모른다는 걸 깨달았다. 그것을 소녀도 알아차린 것일까. 묘하게 빛나는 눈으로 치요를 다시 봤다.

"나를 어떻게 불러야 할지, 어제도 그대는 물어왔어. 그랬었지?"

"예. 저…… 가르쳐주세요."

"……."

소녀는 입을 닫아 버렸다. 촉촉한 눈으로 치요를 그저 바라볼 뿐이다. 붉은 기운이 도는 눈동자 안에 차디찬 빛이 깃드는 것을 보고 치요는 몸이 떨려왔다.

역시 안 되겠어. 이 분은 사람을 미워해. 사람에게 치를 떨고 있어.

물러나는 수밖에 없었다.

그 뒤로도 매일같이 치요는 별채로 보내졌다.

그러나 몇 번을 찾아가도 어둠 속의 소녀는 치요에게 마음을 내어주지 않았다. 대놓고 쫓아내지 않았지만 차갑게 치요를 무시했다. 치요의 모습 따위 거들떠보지도 않았다. 치요의 목소리 따위 들리지 않는다는 태도로 일관했다.

치요는 슬펐다. 차라리 욕을 퍼붓는게 낫겠다고 생각했다.

치요는 보호신이 무서웠다. 보호신과 마주하고 있으면 뭐라 하기 어려운 공포가 몰려왔다. 하지만 한편으로는 그 아름다운 모습과 강렬하게 빛나는 눈에 끌리기도 했다.

'나를 좀 봐주었으면 좋겠다. 마음을 열어주면 좋겠다.'

두려움과 동경이 뒤섞인 채로 치요는 보호신과 계속 만났다. 그러나 늘 풀이 죽어 맥없이 물러나는 처지였다.

'이런 짓을 하는 것이 무슨 의미가 있을까? 내가 아무리 애쓴다 한들 보호신과 서로를 이해하는 일이 가능하기나 할까?'

치요는 점점 그렇게 생각하게 되었다.

그러나 아고 집안 사람들은 그렇게 생각지 않았던 모양이다.

저택에 온 지 아흐렛날 아침의 일이다. 헤이하치로는 치요에게 술병을 건네주면서 다른 한 손으로 치요의 가는 손목을 꾹 잡았다. 뼈가 으스러질 만큼 세게 잡더니 치요의 얼굴을 들여다보았다.

"오늘이야말로 꼭 좋은 소식을 들려줘라. ······아버님이 초조해 하셔. 이대로라면 넌 험한 꼴을 당할 거야."

숨죽인 소리로 속삭이더니 헤이하치로는 손을 놓았다.

치요는 공포에 떨었다. 그러나 화도 났다. 한마디 해주고 싶었다.

대체 뭘 어떻게 하라는 건가요? 그쪽은 나를 보려고도 하지 않는데. 말을 붙이는 것조차 허락해주지 않는데.

그러나 결국 아무런 대꾸도 하지 못했다. 그대로 치요는 별채의 어둠 속으로 들어갔다.

보호신이 있었다. 오늘도 변함없이 아름답다.

헤이하치로도 잊어버리고 치요는 소녀를 넋을 놓고 바라보았다.

그때 믿을 수 없는 일이 일어났다. 보호신이 이쪽을 똑바로 보며 입을 연 것이다.

"아구리코……."

"아, 아구리코?"

"그래. 나를 아구리코라고 불러 다오."

이름을 가르쳐 준 것이라고 비로소 치요는 이해했다.

"아구리코……, 아구리코 님이군요."

이름이 달아나버리는 건 아닐까 두려워서 치요는 몇 번이나 그 이름을 곱씹었다.

그런 치요를 보고 아구리코는 조그맣게 웃었다. 희미했지만 틀림없이 치요에게 웃음을 보내온 것이다.

그 웃음에 기운을 얻어 치요는 큰맘 먹고 입을 열었다.

"저, 술을 드시겠습니까?"

그 순간 치요는 자기가 너무 서둘렀다는 것을 알았다. 온화했던 아구리코의 눈이 찌를 듯이 날카로워졌다.

"나에게 술을 권하라고 하더냐?"

"아니, 그건 아니지……."

웅얼거리는 치요를 업신여기듯이 본 다음, 아구리코는 얼굴을 돌렸다.

"나가라!"

바늘처럼 뾰족한 목소리였다.

"뛰어! 두 번 다시 내게 얼굴을 보이지마! 아고에게도 그렇게 전해라. 두 번 다시 자네를 보내지 말라고."

치요는 술병을 꽉 쥐었다. 가슴이 따끔따끔 아팠다. 거부당한 것이 슬프고 괴로웠다. 자기의 성급함에 화가 났다. 모처럼 마음을 열어주었는데.

사과하고 싶었지만, 목소리를 낼 수도 없었다. 아구리코의 얼굴은 어떤 말도 받아들이지 않고 있었으니까.

나가는 수밖에 없었다.

다음 날 아침, 치요는 다시 별채에 내던져졌다. "두 번 다시 얼굴을 보이지 말라고 아구리코 님이 말했다."고 헤이하치로에게 전했지만, 전혀 들어주려고 하지 않았다.

이제 못 간다고 우는 치요를 헤이하치로는 세게 잡아당겼다.

"나도 이러고 싶지 않다고! 하지만 아무리 울고불고 매달려봤자 어차피 가게 돼 있어. 알았어? 이건 너를 위한 일이기도 해. 아버님이 애가 타서. 어쩌면 위험한 수를 쓸지도 모른다고. 그러면 너는 끝장이야. 목숨이 아까우면 가는 거다!"

그렇게 소리치는 헤이하치로는 마치 금방이라도 울음을 터뜨릴 것 같은 표정이었다.

절망하면서 치요는 금줄을 넘어갔다.

다시 찾아온 치요를 아구리코는 물끄러미 보았다. 그 순간 표정이 조금 달라졌다. 맞아서 벌게진 치요의 오른쪽 볼을 가만히 보았다.

치요는 얼굴을 숙였다.

'아구리코는 지금 무엇을 느끼는 걸까? 참으로 보기 싫다고 생각할까?'

고개를 숙이고 있는 치요를 아구리코는 뭐라 표현하기 힘든 얼굴로 계속 바라보았다. 그리고 무언가 각오한 듯 눈을 감고 한숨을 한 번 쉬었다.

"술을 주게……."

치요는 팅기 듯이 얼굴을 들었다. 아구리코가 조용히 이쪽을 보고 있었다. 치요는 가슴이 에이는 것 같았다.

자기 때문에 아구리코는 무언가를 포기한 것이다.

왠지 모르지만 그런 생각이 들었다.

"아……."

눈물이 솟아나서 황급히 얼굴을 가렸다. 아구리코의 목소리가 평온하게 내려왔다.

"왜 그러지? 빨리 술을 따르게. 그러면 자네는 맞지 않아도 될 거야!"

죄송해요. 죄송해요.

마음속으로 용서를 빌면서 치요는 잔에 아주 조금 술을 따랐다. 손이 떨려서 흘린 술이 눈물처럼 바닥에 떨어졌다.

아구리코는 잔을 받아 들고 마치 쓴 약을 마시는 것처럼 벌컥 술을 마셨다. 그런 다음 탁한 목소리로 말했다.

"이제 나가라."

"예, 예에……."

아구리코한테 등을 돌린 순간, 치요는 뒤에서 무서운 기척이 일어나는 것을 느꼈다. 슈욱슈욱 무언가가 소리를 내며 뱉어져 나오고 있다.

보면 안 된다. 돌아보면 안 된다. 이것은 사람이 보아서는 안 되는 것이다.

달아날 마음으로 치요는 어둠을 뛰어나왔다.

격자 창살문 앞에서 헤이하치로가 기다리고 있었다. 창백한 얼굴로 나온 치요를 헤이하치로는 붙잡았다.

"어땠어?"

그렇게 말하자마자 헤이하치로는 치요가 무언가 답하기도 전에 먼저 술병을 낚아챘다. 그 순간 눈이 휘둥그레졌다.

"조금…… 준 것 같은데?"

"네. 아구리코 님이 드셨어요."

"진짜야?"

"예, 예에."

"그래."

헤이하치로는 마음이 놓이는지 숨을 내쉬었다.

"잘 했어, 치요. 앞으로도 이렇게 부탁해."

"예, 예."

치요는 아구리코가 이상했다는 말은 전하지 않았다. 그 말을 하면 다시 두들겨 맞을 것 같았기 때문이다.

그리고 며칠 동안 같은 일이 이어졌다. 아구리코는 거의 입을 열지 않고 술을 한 모금 마시면 곧장 치요를 쫓아냈다. 치요는 거역하지 않았다. 일단 아구리코는 술을 마셔주고 있다. 헤이하치로도 그것에 만족하는 것 같다. 이대로 모든 일이 아무 일 없이 지나가 주면 좋을 텐데.

그러나 치요의 바람은 이루어지지 않았다. 네 번째 날 아침 일찍, 치요의 방에 헤이하치로가 들이닥쳤다.

"대체 어떻게 된 거야!"

헤이하치로는 아직 자고 있던 치요를 추켜잡고 마구 흔들었다.

"정말로 보호신이 술을 마셨어? 설마 네가 마시고 둘러댄 거 아니냐고!"

"아, 아니에요! 그, 그런 짓은……."

"그럼 어째서지? 맑은 술을 마시면 보호신은 살을 뽑지 않는다고! 그런데 왜 저택에 퍼진 살이 사라지지 않느냐고? 모두 병이 더 심해지는 것은 어째서야?"

무슨 말인지 생각하면서 치요의 머리에는 한 가지 일이 떠올랐다. 술을 마신 다음에 아구리코가 뿜어내는 그 사악한 기운. 살이라면 혹시 그걸 말하는 걸까?

그때 갑자기 치요는 바닥에 내동댕이쳐졌다. 놀라서 올려다보니 헤이하치로가 두꺼운 대나무 막대를 쥐고 있었다. 헤이하치로의 얼굴은 괴로워 보였다.

"……아버님의 명령이다. 우리가 무엇을 바라는지, 보호신께 좀 더 분명하게 전해야 한다!"

휘익 막대기를 내리쳤다.

'또 왔구나.' 라고 아구리코는 눈을 감은 채 생각했다.

또 그 아이가 왔다. 다시 맑은 술을 들고 왔다. 사실은 마시고 싶지도 않은 술. 그러나 마시지 않으면 아이가 두들겨 맞는다.

좋다. 마셔주고말고. 하지만 그걸로 자신의 분노가 약해질 거라고 생각한다면 큰 오산이다. 증오하는 가문. 교활한 가문. 용서치 않는다. 절대 용서치 않는다.

분노도 증오도 새롭게, 아구리코는 천천히 눈을 떴다.

치요가 있었다. 늘 그렇듯이 멈칫거리는 눈빛으로 이쪽으로 다가오는 참이었다.

그런데 평소와 모습이 달랐다. 얼굴이 창백하고 걸음걸이도 휘청휘청 흔들린다.

무슨 일이냐고 말을 걸려고 했을 때 아구리코는 피 냄새를 맡았다.

"그대여! 무슨 일을 당했느냐!"

자기도 모르게 소리를 지른 순간, 치요가 비틀거리며 쓰러졌다.

놀라서 달려갔다가 아구리코는 말을 잃었다. 소매 틈으로 들여다보이는 치요의 팔은 온통 멍이 들어 있었다. 팔 뿐 아니다. 다리에도 있었다.

아구리코는 피가 배어날 만큼 입술을 깨물었다.

"아고 이 나쁜 놈들……. 살을 뽑는 걸 그만두지 않으면 이 아이를 죽이려는 심산이야?"

아구리코가 중얼거리는 말이 치요 귀에는 닿지 않았다. 치요는 아픔을 참으면서 일어나 머리를 숙였다.

"죄, 죄송합니다. 하, 하지만 술은 무사하니까……, 드시겠습니까?"

치요는 잔에 술을 따르려고 했다. 그러나 아구리코가 슬그머니 손을 뻗어왔다.

"내가 하마."

짧게 말하고 아구리코는 술병에 바로 입을 대고, 벌컥벌컥 마시기 시작했다. 먹기 싫은 걸 다 먹어 치우려는 듯이 몹시 난폭하게 마셨다.

눈을 휘둥그레 뜨고 있는 치요에게 술병을 돌려주고 아구리코는 텅 빈 표정으로 말했다.

"그 상처가 나을 때까지 이곳에 오지 마라. 아고에게는 이렇게 전해라. ……너희들이 바라는 건 들어주겠다. 하지만 다시 치요를 아프게 하면 살을 배로 뽑아주겠다고……, 돌아가라."

치요는 서둘러 나왔다. 이번에는 그 흉한 기척이 뿜어져 나오는 일은 없었다.

치요는 밖에 있던 헤이하치로에게 아구리코의 말을 전했다. 비로소 헤이하치로는 만족스럽게 웃었다.

"잘했어, 치요. 아아, 걱정하지 마. 오늘은 이제 자라. 이따가 약도 보내줄게."

헤이하치로는 푹 쉬라고 치요에게 다정하게 말했다. 그 다정함에 치요는 왠지 오스스 소름이 돋았다.

구원의 말

그리고 며칠 뒤, 상처가 나은 치요는 다시 별채로 보내졌다.

헤이하치로를 뒤따라 걸으면서 치요는 속으로 아구리코를 만날 수 있다는 사실에 기뻐했다.

그 아름다운, 반짝반짝 빛나는 붉은 금색 눈동자를 다시 볼 수 있다.

그렇게 생각하자 가슴이 저절로 마구 뛰었다.

며칠 만에 만나는 아구리코는 여전히 아름다웠다. 그러나 며칠 전과는 어딘가 달랐다.

아구리코는 미소 짓고 있었지만, 그 미소는 힘이 없고, 생기가 없었다. 그 적의를 나타내는 듯한 격렬함도 눈에 없었다. 마치 병에 걸려버린 것 같다.

놀라는 치요에게 아구리코는 다정하게 말했다.

"상처는 나은 것 같구나."

"예, 예에."

치요는 그렇게 답하고는 그만 입을 다물어 버렸다. 무슨 말을 해야 좋을지 몰랐다. 모처럼 아구리코 쪽에서 말을 걸어 주었는데.

아구리코가 다시 입을 열었다.

"오늘은 그대와 조금 이야기를 나누고 싶구나. 하지만 다른 사람과 이야기하는 것은 오랜만이라서 무얼 이야기해야 할지 모르겠어. 그러니 그대가 이야기해주게."

"네? 제, 제가 이야기하라고요?"

생각지도 못한 말에 당황하는 치요를 아구리코는 물끄러미 들여다보았다.

"이야기는 뭐든 상관없어. 나는 그대의 이야기를 듣고 싶은 거야."

"하지만……."

"만약, 그대가 이야기를 해주면 내가 술을 마시기로 하지. 어떤가?"

치요는 조금 망설였다. 쓸데없는 말은 하지 말라고 했다. 그러나 무엇이든 이야기하면 술을 마셔준다고 한다. 무엇보다 아구리코를 기쁘게 하는 것이 자신의 임무가 아닌가.

마침내 치요는 고개를 끄덕였다.

"무슨 이야기를 하면 좋을까요?"

"먼저, 그대에 대해 이야기해주게. 그대는 어째서 이 저택에 왔지?"

"팔려 왔어요. 지난 가을에 엄마가 죽고 혼자 남았어요. 그래서 촌장님이 저를 위해서도 이러는 게 낫다고 했어요."

"촌장? 다른 사람이 자네를 팔았다고?"

아구리코가 험악한 표정을 지어서 치요는 당황해서 말했다.

"그게 관습이에요. 친척이 없는 아이는 촌장에게 신세를 져요. 나만 그런 거 아니에요. 당연한 일이라고요."

봄에 아버지가, 가을에 엄마가 돌아가시자 치요는 촌장에게 맡겨졌다. 그러나 맡겨졌다는 것은 애지중지 돌봐준다는 뜻은 아니었다. 집 한구석에 밀어 넣고 콩알만큼 밥을 주는 대신 혹독하게 일을 시킨다는 뜻이었다.

치요는 점점 명랑함을 잃고 말수가 줄어갔다.

무뚝뚝하게 입을 다물고 있는 치요를 촌장 가족은 못마땅해하게 되었다.

그때 사람을 사러 미쿠니에서 주로가 찾아왔다. "열에서 열넷 정도 나이에 웬만한 일에는 기가 꺾이지 않는 인내심 강한 아이가 없을까요?"라고 청하는 주로를 보고, 촌장이 마침 잘됐다고 하며 치요를 넘겨줘 버렸다.

마을을 떠나던 날 아침의 일을 치요는 지금도 잊을 수가 없다. 떠나는 치요를 아무도 배웅하지 않았다.

주로의 뒤를 따라가는 치요를 마을 사람들은 완전히 무시했다. 치요라는 아이 따위는 애초에 이 마을에 없었다. 그들의 얼굴이 그렇게 말하고 있었다.

그때 처음으로 치요는 심한 증오를 느꼈다.

모두 밉다. 모두 싫다. 모두 다 꼴도 보기 싫다.

그날 이후 꺼끌꺼끌한 목소리가 계속 아우성치고 있다.

그러나 치요는 아구리코한테는 미소를 지어 보였다.

"마을에서는 밥도 제대로 못 먹었고, 사람들도 다 싫었어요. 그래서 여기 올 수 있어서 다행이라고 생각했어요. 덕분에 이렇게 예쁜 옷을 입혀주고 밥도 실컷 먹을 수 있고. 게다가 아……"

헉, 치요는 놀라서 말을 잘랐다. 아구리코가 그 작은 손을 치요 손에 포갠 것이다.

"무리하지 않아도 된다."

아구리코 목소리는 낮고 다정했다.

"팔렸다는 것은 괴로운 일이다. 마음을 짓밟힌 것이다. 네가 힘들었겠구나."

치요의 가슴에서 뭉클뭉클 뜨거운 것이 치밀어 올라왔다.

힘들었겠구나.

그 말이 찌르르 가슴에 스며들었다. 굳어 있던 몸에 온기가 돌아오는 것처럼 치요는 마음이 따뜻해지는 것을 느꼈다. 단 한 마디가 이렇게 기쁘게 느껴지다니.

줄곧 누군가에게 이런 말을 듣고 싶었던 거였다는 걸 치요는 처음으로 깨달았다. 그 순간 눈물이 흘러내렸다.

엄마가 죽었을 때도 치요를 알아주는 사람은 없었다. 허전함 과 고독함에 마음이 얼어붙어 버리는 것 같았다. 그러나 아무 도 그것을 알아주지 않았다. 아구리코가 처음으로 알아차려 주 었다.

게다가 아구리코는 치요가 부당한 일을 당한 것에 진심으로 화를 내주었다. 그런 배려를 받는 것도 치요에게는 오랜만이었다.

흐느껴 울면서 치요는 생각했다.

'아구리코 님은 나를 구원해 주셨어. 그러니까…… 다음은 내 차례야. 아구리코 님이 행복해질 수 있도록 무슨 일이든 해 드릴 거야.'

그렇게 다짐했다.

치요가 다시 차분해지기를 기다렸다가 아구리코는 잔에 손 을 뻗었다.

"이야기를 들려주었으니 약속대로 술을 마시기로 하지."

아구리코는 천천히 술을 마시고 '후우' 숨을 토했다.

"아아, 좋은 술이다. 아고 집안의 술이기는 하지만 이렇게 맛을 느끼며 마시니 역시 맛있어."

빙긋 웃는 아구리코를 보고 치요는 자기도 모르게 웃음이 나왔다.

"으음. 웃음이 예쁘구나. 그대의 웃는 모습이 좋다. 아주 기분 좋아."

아구리코는 눈을 가늘게 뜨고 한 잔 더 마셨다. 그리고 말했다.

"오늘은 돌아가라, 치요. 내일 또 오거라."

"예."

"그래. 밖에 나가면 아고에게 이렇게 전해라. 자네와 놀 수 있도록 실로 만든 공을 하나 보내라고. 나는 공놀이를 좋아한다."

"알겠습니다. 꼭 전하겠습니다."

"음, 내일 또 만나자."

웃는 아구리코의 배웅을 받으며 치요는 금줄 아래로 빠져나왔다. 빠져나와 곧바로 뒤를 돌아보았지만, 금줄 너머는 깜깜해서 아무리 눈을 비벼도 아구리코의 모습은 보이지 않았다.

'혹시 저 금줄 너머는 이 세상하고는 다른 곳일지도 몰라.'

그렇게 생각하면서 치요는 격자 창살로 향했다.

그 뒤로 매일 치요는 별채를 다니며 아구리코를 상대했다.

처음에는 곧 "이제 돌아가라."고 말했던 아구리코도 점점 치요를 오래 머물게 하며 놀았다. 놀잇감은 걱정하지 않았다. 헤이하치로는 공뿐 아니라 주사위나 인형 등 여러 가지 완구를 보내주었기 때문이다.

그러나 아구리코가 가장 즐거워하는 것은 치요의 이야기였다. 치요가 본 하늘색, 구름 모양, 처마 밑에 생긴 고드름 수. 그런 아무것도 아닌 일을 몹시 듣고 싶어 했다.

그리고 이야기를 듣는 동안 아구리코의 눈에는 더할 나위 없이 애절한 빛이 떠오르고 있었다.

재앙

겨울이 가고 봄이 왔다. 계절이 바뀌어도 치요는 하루하루가 변함이 없었다. 아침에 일어나 아침밥을 먹고 나면 별채로 가서 해가 질 무렵까지 아구리코와 보낸다. 그것이 되풀이되었다.

그렇게 치요가 저택에 온 지 두 달 반 남짓이 지났다. 어느 날의 일이다. 평소와 마찬가지로 치요는 아구리코에게로 향했다.

별채로 이어지는 복도를 걸으면서 문득 오늘 아침상을 떠올렸다. 오늘도 치요 그릇에는 밥이 고봉으로 담겨 들어왔다. 눈부시게 하얀 쌀밥이다.

아고 저택에 오기까지 치요는 쌀밥을 먹어본 적이 없었다. 마을에서는 보통 피나 조를 보리와 섞어서 끓여 먹었다. 그것도 있으면 좋았고 없을 때는 풀 열매나 뿌리를 끓인 걸 먹어야 할 때도 많았다.

그래서 처음에는 아침 저녁으로 먹는 식사에 꼭 쌀밥이 나오는 걸 보고 아주 충격을 받았다.

'아니다. 흰 쌀밥뿐 아니다. 고기와 생선도……, 마을에 있을 때는 먹어본 적이 없다.'

원래는 무사 집안이나 돈 많은 상인만 먹을 수 있는 음식을 여기서는 치요 같은 하녀도 매일 먹는다. 아고 집안이 얼마나 많은 힘과 부를 가지고 있는지 알 수 있다.

실제로 아고 집안은 더할 나위 없이 풍요로웠다. 저택에는 매일같이 비싼 물건들이 도착하고, 가지고 있는 산에서 은과 사철을 캐내고, 그것을 가지고 벌이는 장사도 잘된다고 했다. 또 큰비가 쏟아지고 엄청난 해충이 들끓어도 아고 집안의 논밭은 비켜가 조금도 타격을 받지 않는다고 했다.

그러한 말을 들을 때마다 치요는 희안하다고 생각했다. 운이 좋아도 너무 좋은 거 아닐까?

'아무래도 아구리코 님의 힘이 아닐까? 하지만 아구리코 님은 아고 집안을 싫어하는 것 같은데. 싫어하는 상대에게 운을 가져다주는 신이 있을 리가 없다. 하지만 달리 생각할 수도 없고. ……어쨌든 이상하다. 이런 걸 보면 아고 집안이 온갖 운을 독차지하고 있는 것 같다. 다른 사람 몫까지 운을 빨아들이는 게 아닐까?'

치요는 자신이 이런 생각을 하고 있다는 사실에 깜짝 놀라고 있을 때였다.

"쳇! 이집 저집 다 복이 찾아오는데, 왜 우리집에는 가난뱅이 신만 찾아오는 거야?"

머릿속에 익숙한 목소리가 되살아와서 치요는 깜짝 놀랐다. 그것은 죽은 아버지가 입버릇처럼 하던 말이었다.

치요 아버지는 말이 많았다. 매일 하는 일 없이 어슬렁어슬렁 지내다가 다른 사람을 부러워하고 자기 운이 없는 것을 아내와 딸 탓으로 돌렸다. 그러다 감기에 걸려서 어처구니 없이 저 세상으로 가버렸다.

치요는 아버지의 죽음을 슬퍼하지 않았다. 솔직히 그럴 처지도 아니었다.

말이 많고 게을렀다고 해도 아버지는 한 집안을 맡은 가장이었다. 그런 아버지가 죽었지만 병약하고 몸까지 무거운 어머니가 할 수 있는 일은 없었다. 치요가 일을 할 수밖에 없었다. 매일 죽어라 일을 해서 엄마와 갓 태어날 아기를 지켜야 하는 치요에게 슬퍼할 틈 조차 없었다.

그래도 아버지가 죽지 않았더라면 자기가 아고 저택으로 오는 일은 없었을 것이다. 그리고 엄마도…… 그런 일은 당하지 않았을지 모른다.

찡 콧속이 아파왔지만 치요는 얼른 추억을 털어냈다. 아구리코를 위해서 언제나 웃는 얼굴로 지내겠다고 결심했기 때문이다.

치요는 마음을 가라앉히고 별채 문에 열쇠를 집어넣었다. 요즘에는 별채 열쇠를 맡아서 혼자 별채를 드나드는 것을 허락받았다. 물론 저녁에는 열쇠를 헤이하치로에게 돌려주러 가야 하지만.

그래도 헤이하치로가 따라오지 않아서 치요는 마음이 놓였다. 그자가 곁에 있기만 해도 괜히 심장이 쿵쾅쿵쾅 뛰어 버린다.

그날 이후로 헤이하치로가 치요에게 손을 대는 일은 없었다. 그러기는커녕 무언가 눈치 빠르게 알아차리고 "잘 하고 있군."하면서 과자를 주기도 한다. 그러나 그 다정함은 무슨 일이 있으면 금방 부서져 버릴 것 같고, 그래서 치요는 헤이하치로가 더욱 무서웠다.

치요는 금줄을 넘어 안으로 들어갔다.

"안녕히 주무셨어요, 아구리코 님."

"오, 기다리고 있었다, 치요."

아구리코는 기쁘게 치요를 맞았다.

"오늘은 밖이 어떤 모습이냐?"

"아주 날씨가 좋아요. 이제 완전히 봄이에요. 뜰의 풀은 점점 키가 자라고, 울타리 너머 산과 들도 이제는 온통 초록이에요. 벚꽃은 다 떨어져 버렸어요. 하지만 대신 다른 온갖 꽃이 피기 시작해요."

"어떤 꽃들이냐?"

"으음, 광대나물이나 얼레지, 별꽃도요. 참 제비꽃도 쏙쏙 나오고 있어요."

"제비꽃이라. 좋구나. 내가 좋아하는 꽃이야. 그 색. 아아 생각이 나. 고향의 제비꽃은 눈이 번쩍 뜨이는 보라색이었단다. ……정말로 봄이로구나."

황홀한 눈빛을 빛내며 아구리코는 종이 한 장을 꺼내고, 곁에 놓아 두었던 벼루와 붓으로 손을 뻗었다. 치요한테 들은 것을 그림으로 그리는 것이 요즘 아구리코가 좋아하는 놀이다.

스륵스륵 종이 위에서 붓을 움직이는 아구리코. 그림 속에 순식간에 봄 풍경이 만들어져 가고, 치요는 그 솜씨에 감탄했다.

"아구리코 님은 정말로 그림을 잘 그리십니다."

"치요 덕분이다. 치요가 세세히 이야기해 주어서 잊고 있던 것이 선명하게 떠오르는구나. 그대 이야기에서 봄 기운이 느껴져. 새싹의 향기가 나는 것도 같구나."

다정하게 말한 다음 아구리코의 얼굴이 갑자기 흐려졌다.

"……다시 한번 그런 것을 내 두 눈으로 보고, 냄새를 맡을 수 있을까……, 봄바람의 노랫소리를 들을 수 있다면 무엇을 준다 한들 아깝지 않을 텐데!"

흥분했는지 아구리코가 갑자기 그림 붓을 내던지고 벼루를 후려쳤다. 벼루는 뒤집어지고 안에 있던 먹물이 바닥에 튀었다.

"앗!"

치요는 허둥지둥 그림을 주워 올려 쏟아진 먹물에서 멀리 밀어냈다.

아구리코는 부끄러운 듯이 머리를 숙였다.

"미안하다."

"괜찮아요. 보세요, 그림도 무사해요. 하지만 먹물을 닦아야겠어요. 닦을 걸 가지고 올게요."

치요는 별채를 나와 부엌으로 향했다.

저택 부엌은 널찍하고 근사했다. 아고 집안의 식사는 물론이고 이 저택에서 일하는 사람들의 식사도 준비하기 때문에 큰 것도 당연하다.

식사를 준비할 때면 많은 여자들이 눈이 돌아가도록 일하는 부엌이지만, 지금은 아침이 끝난 지 얼마 안 돼서 하녀는 한 사람만 남아 있었다.

불에 걸어둔 냄비 앞에는 고마키라고 하는 나이 든 여자가 있었다. 하녀들에게 일 시키는 것을 맡아 하는데 이 저택에서 일한지도 오래되었다고 한다.

치요는 슬그머니 말했다.

"저, 미안한데요."

"응? 아, 치요 아니니? 여기는 웬일이야?"

"네. 저 뭐 닦을 걸 좀 가지러 왔어요."

"걸레라도 괜찮으면 있는데 대체 왜 그러는데?"

"아구, 아니 공주님이 먹물을 쏟아서요."

이 저택에서 일하는 사람들은 아구리코의 존재를 모른다. "별채에 갇혀 있는 사람은 마음의 병을 앓는 아고 유사이의 여동생"이라고 말해왔기 때문이다. 그리고 치요는 그 '공주님'을 돌보는 걸로 되어 있다.

고마키는 일어나면서 안됐다는 듯이 말했다.

"너도 매일 공주님 돌보느라 힘들겠구나."

"아니에요, 뭐."

"애써 거짓말 안 해도 돼. 네가 얼마나 힘든지 우리도 다 알고 있으니까. 아침에 일어나면 곧장 별채로 가서 하루 종일 그 안에 있어야 하잖아. 해도 못보고 지내다니. 너, 네 얼굴 꼴이 어떤지 알고나 있니? 아주 희멀건해서 꼭 으름 열매 같다니까. 병자처럼 보이고 싶지 않으면 조금 더 살이 찌는 게 좋겠어. 아, 여기 있네. 자 걸레 여있다."

"고맙습니다."

치요가 인사를 하고 돌아서려고 하는데 고마키가 불러 세웠다.

"기다려 봐. 지금 죽순을 삶고 있어. 조금만 있으면 다 익으니까 공주님한테도 가져다 드려. 일부러 멀리에서 가져온 거니까 아마 기뻐하실 거야."

"하, 하지만……."

"괜찮아, 괜찮다니까. 자 여기 앉아라. 정말 금방 된다니까."

고마키는 자기 옆을 가리켰다. 혼자서 냄비를 지키는게 지루해서 치요와 수다라도 떨고 싶은 모양이다.

치요가 할 수 없이 옆에 걸터앉자 고마키는 흥미진진한 모습으로 물었다.

"그런데, 공주님 이야기 좀 해봐. 대체 어떤 사람이야? 나는 만난 적이 없지만 어르신의 여동생이라고 했으니 어지간히 나이도 잡쉈겠지?"

치요는 난처했다. 헤이하치로가 아구리코에 대해서는 절대로 다른 사람에게 말하지 말라고 단단히 입단속을 했기 때문이다. 그래서 솔직히 말했다.

"미안해요. 공주님에 대해서는 말하면 안 된다고 헤이하치로 님이 단단히 일러뒀어요."

헤이하치로라고 하자 고마키는 기가 죽었다.

"헤이하치로 님이라고? ……알았어. 더 이상 안 물을게. 헤이하치로 님이 하지 말라고 했으면 할 수 없지. 무서운 분이니까. ……어렸을 때는 얌전하고 다정한 아이였는데."

이번에는 치요가 눈을 크게 떴다.

"혜, 헤이하치로 님이요?"

"그래. 헤이하치로 님은 태어나자마자 어머님을 잃었어. 엄마의 정이라는 걸 몰라서 그런지 맘도 약하고 잘 울었다니까. 주인님은 그게 마음에 안 들어서 아주 엄하게 대하셨어. 덕분에 헤이하치로 님은 저렇게 되어 버렸어. 특히 주인님한테 야단맞았을 때는 더하지. 날뛰는 말같이 마음이 사나워진다니까."

고마키는 큰 냄비를 저으면서 마음이 사나워지면 하고 말을 계속했다.

"공주님도 옛날에는 자주 심하게 발작을 일으키셨어. 지금까지 몇 명이나 그 별채에 들어갔지만 모두 헐레벌떡 도로 뛰어나왔다니까. 그중에는 피투성이가 된 사람도 있었어."

무서운 말에 치요는 섬뜩해졌다.

"피투성이라니……, 공주님이 상처를 입혔다고요?"

"달리 누가 그런 짓을 했겠어? 어어, 그래. 공주님이 그랬을 거야. 너는 다행히 공주님 마음에 든 모양인데. 아니었으면 벌써 옛날에 크게 다쳐서 그만뒀을 거야."

치요 머리에 아구리코가 화났을 때 모습이 떠올랐다. 타서 뻗쳐오르는 머리카락. 핏빛으로 물든 눈. 온몸에서 뿜어져 나오는 분노. 아아 그 아구리코라면 다른 사람을 다치게 했다고 해도 이상하지 않다.

몸을 떠는 치요에게 고마키는 쓴웃음을 지으며 말했다.

"주인님도 친동생이니까 애지중지하지만, 수발을 들어야 하는 사람 입장에서는 못 견딜 지경일 거야. 모습만 어른인 아기 같을 거 아냐? 너는 공주님이 마음에 들어하시는 것 같지만, 그래도 수발 들기 힘들지?"

"아니, 뭐 그냥."

"힘든 일 있으면 뭐든지 말해. 이 집 하인들은 모두 네 편이야. 가엾게도 여기 오자마자 공주님 시중을 들라고 하다니. 너 같은 아이한테 수발을 들게 하다니 주인 님도 참 무슨 생각을 하시는 지……."

"이 봐! 죽순 아직 멀었어?"

갑자기 째지는 목소리가 울리는 바람에 치요와 고마키는 놀라서 펄쩍 뛰었다.

돌아보니 바로 뒤에 한 여자가 서 있었다. 20대 중반 쯤의 빼빼 마른 여자인데 배만 혹처럼 불룩하다.

'이 사람…… 아기를 가졌구나!'

치요는 주의 깊게 여자를 바라보았다.

여자의 옷차림은 화려했다. 기모노는 봄날에 어울리게 연두색 천에 벚꽃이 흩날리는 옷감이다. 허리띠는 대나무색 바탕에

금과 은, 거북이 껍질로 화려하게 장식했다. 얼굴에도 화장을 했다.

그래도 여자는 조금도 아름다워 보이지 않았다. 홀쭉하고 까칠한 볼에 윤기 없는 머리카락. 눈이 찢어 올라간 탓에 까칠한 얼굴이 더 일그러졌다. 새빨갛게 칠한 입술은 피를 빨아먹은 듯 무섭다. 치요에게 여자는 귀신처럼 보였다.

"와, 와카사 님."

고마키가 당황해서 머리를 숙였다. 멍하게 서 있던 치요도 따라했다.

몸이 무거운 여자는 냄비를 보자마자 다시 찢어져라 소리를 질렀다.

"설마 아직도 안 된 거야? 미리 삶아 놓으라고 말해 뒀잖아! 뭘 그렇게 꾸물거리고 있어?"

"죄송합니다. 오늘 죽순은 조금 딱딱해서. 이, 이제 곧 부드럽게 삶아질 겁니다."

"그런 변명으로 넘어가려고? 내가 모를 줄 알고! 쓸데 없는 수다나 떨고 있다가 늦어진 거잖아! 내 배에는 이 집의 뒤를 이을 후계자가 있다고! 그 후계자가 죽순이 먹고 싶다는데, 왜 빨리 시킨대로 안 하는 거야! 게다가 변명이나 늘어놓…… 대체 무슨 생각을 하는지!"

여자 목소리가 점점 높아지자 고마키는 물론이고 치요도 무서워졌다.

게다가 따지고 드는 여자한테서는 이상한 냄새가 났다. 삼백초와 달래를 섞은 듯한 헤이하치로와 유사이의 몸에서 늘 풍기는 것과 비슷한 냄새다.

이 사람도 아고 집안 사람일까? 아고 가문 사람들은 모두 이냄새가 나는 걸까?

치요가 얼핏 그런 생각을 하고 있었을 때다. 몸집이 작은 노인이 종종거리며 뛰어왔다.

"아아, 여기 계셨습니까, 와카사 님. 찾았습니다. 그런데 무슨 일이십니까?"

노인을 보자 와카사라고 불린 여자 얼굴이 조금 누그러들었다.

"의원님, 제 말 좀 들어보세요. 아무리 기다려도 죽순을 안가져오기에 보러 왔어요. 의원님도 말씀하셨죠? 죽순은 뱃속의아기에게 아주 좋다고. 그런데 이 하녀는 진짜……. 꾸물꾸물하고 정말 꼴 보기 싫다니까요!"

"진정하세요. 너무 화를 내면 몸에 안 좋아요."

그 순간 여자 얼굴이 겁에 질렸다. 슬슬 불룩한 배를 문질렀다.

"아아, 어떡하지! 나도 모르게 화가 나서. 화내고 소리 질렀지만 이 아기, 괘, 괜찮겠지?"

"괜찮아요."

"정말? 정말 괜찮아?"

"네. 이 정도로 나쁜 일이 생기지는 않아요. 하지만 이제 안으로 돌아가세요. 곧 약 드실 시간이에요. 자 얼른 저를 잡으세요."

의원의 부축을 받으면서 여자는 다른 사람처럼 얌전해져서 가버렸다.

여자 모습이 보이지 않게 되자 고마키는 이마를 닦았다.

"이런 그만 방심해버렸네. 설마 여기까지 오실 거라고는 생각도 못했는데. 게다가 그렇게 기분이 상해서 오시다니. 이거 얼른 죽순을 가져다 드려야지 안 되겠어."

아궁이에 땔나무 가지를 집어넣는 고마키에게 치요는 물었다.

"저 분은 누구예요?"

"누구라니 와카사 님이지. 요이치로 님의 아내. 몰랐어?"

"몰랐어요. 저…… 요이치로 님이요?"

"뭐어? 설마 그것도 모른단 말이야?"

고마키는 눈길을 주었다.

"주인님의 장남이야. 헤이하치로의 형님이지. 요이치로 님은 아프서서 아주 오랫동안 자리에 누워 계셨어. 그런데 최근에 많이 좋아지셨어. ……정말 몰랐어?"

"네."

"흐음. 뭐 하긴 그럴 법도 하지. 넌 여기 온 지 얼마 안 됐고, 방도 따로 있으니까 우리하고 보낼 시간도 없었지. 게다가 와카사 님도 뱃속에 아기가 생긴 뒤로는 줄곧 안에 틀어박혀 계시니까."

"……와카사 님, 어디 몸이 안 좋아요? 너무 야위었던데."

"딱히 병은 아니야. 그전에도 아기가 딱 요 때쯤에 유산이 되어서 이번에도 그렇게 될까 봐 아주 예민한 거야."

"아기가 유산됐다고요……?"

쿡쿡 가슴이 아팠다.

치요 엄마도 아기를 무사히 낳지 못했다. 게다가 유산한 다음부터 날이 갈수록 몸이 쇠약해졌다. 결국 아기 뒤를 따라서 슬그머니 이 세상을 떠났다.

엄마 얼굴이 와카사의 얼굴과 겹쳐 보여 치요는 와카사가 가여워 보였다.

"가엾네요."

"뭐. 솔직히 말하면 늘 저래."

"네?"

"이 집에서는 아이가 유산되는 게 드문 일이 아니지. 요 20년 동안 아기가 온전히 태어난 적이 없다니까. 헤이하치로 님 뒤로는 딱 끊겼어."

그러고 보니 이 저택에는 아이가 없다.

그 사실을 치요는 처음으로 깨달았다. 사실은 유사이의 손주들이 바글바글 있어도 좋았을 텐데.

고마키도 이상해 죽겠다는 표정이었다.

"정말 이상한 일이지. 아고 집안의 안사람들은 누구보다 좋은 걸 먹고, 의원이 항상 옆에 있고, 약도 다 있는데 말이야. 어떻게 된 건지 태어나기 얼마 전에 유산이 되어 버린다니까. 와카사 님도 벌써 두 번이나 유산을 했어."

갑자기 고마키가 목소리를 죽여 속삭였다.

"큰 소리로 말할 순 없지만 이 집에는 재앙이 내려져 있다는 소문이 돌고 있어. 그렇지 않다면 이렇게 무서운 일이 늘 일어날 수 있겠어? 아아 나도 느낀다니까. 여기는 무언가 있어. 아고 사람들을 미워하는 무언가가."

고마키가 속삭이는 소리를 듣자마자 치요에게 오싹 한기가 몰려왔다. 갑자기 어떤 장면이 떠올랐기 때문이다.

치요는 부엌을 뛰어나왔다. 뒤에서 고마키가 뭐라고 소리쳤지만 이미 아무 소리도 들어오지 않았다.

과거와 희망

넘어질 듯이 뛰어 들어오는 치요를 보고 아구리코의 눈이 크게 벌어졌다.

"무슨 일이냐, 치요? 무슨 일이 있었는가?"

"다, 다, 당신이 하는 건가요?"

"무엇을?"

"아기요. 아, 아고 집안의 아기가 태어나지 못하는 건 당신 탓인가요?"

아구리코 얼굴에서 모든 표정이 한꺼번에 사라졌다. 그대로 한참 입을 다물고 있다가 마침내 눈을 위로 떠서 치요를 보았다. 언짢은 눈빛이었다.

"그렇게 생각하느냐, 치요?"

얼음처럼 차가운 목소리였다. 동시에 아구리코를 감싸고 있는 공기도 점점 얼어붙었다. 마치 서리가 내리는 것 같았다.

하지만 치요는 움츠러들지 않았다. 이것만은 분명히 답을 들고 싶었다. 어떻게 해서든지 알고 싶었다.

"……왜냐면 당신은 ……당신은 아고를 미워하니까요."

두 사람은 한참 동안 서로 노려보았다. 아구리코의 눈빛은 칼처럼 날카로웠지만, 치요는 한 걸음도 물러나지 않았다.

갑자기 아구리코가 눈을 푹 내리깔았다. 그와 동시에 팽팽했던 냉기가 녹아내렸다.

여전히 숨죽이고 있는 치요에게 아구리코는 조용히 말했다.

"그렇다. 내가 만들고 있는 일이다. 아니 만들었다고 해야겠군. 지금은 그런 짓은 하고 있지 않으니까."

그러나 치요는 이미 듣고 있지 않았다.

그렇다고 아구리코가 고개를 끄덕였을 때부터 치요의 몸에서 핏기가 빠져나가고 있었다.

배신당했다. 아구리코는 사악한 존재였던 것이다.

아기를 태어나지 못하게 하다니, 용서할 수 없다. 치요의 엄마도 아기를 낳고 싶었지만 낳을 수가 없었다.

손가락 끝이 하얘지도록 주먹을 꼭 쥐고 치요는 아구리코를 노려보았다.

치요의 증오 서린 눈을 보고 아구리코는 가슴이 찢어지는 것 같았다. 서글픈 얼굴로 치요를 바라본 뒤 아구리코는 깊이 한숨을 쉬었다.

"……아무래도 모든 이야기를 털어놓아야 할 것 같구나."

아구리코는 천천히 이야기를 시작했다.

"이미 알고 있을 테지만, 나는 사람이 아니다. 이렇게 생겼지만 나이는 벌써 백 오십을 넘었어. ……나는 아구리 숲에서 태어난 여우 혼령이다. 아구리 숲의 땅과 나무를 지키는 여우신이지."

엄숙하게 이름을 밝혔지만 치요는 놀라지 않았다. 아구리코가 사람이 아닌 것은 훨씬 전부터 알고 있었기 때문이다.

그러나 숲 이름을 듣고는 조금 마음에 걸렸다.

"아구리 숲…… 당신 이름하고 비슷하네요."

"비슷한 게 당연하지. 숲 이름이 아구리라서 내 이름도 아구리코인 거니까."

"네?"

"그대도 아고도 아구리코가 나의 이름이라고만 생각하는 것 같은데, 그렇지 않다. 아구리 숲의 여우신이기 때문에 아구리코라고 부르는 것이다. 아구리 숲의 아이, 아구리코이지."

그렇다면 지금까지 불러온 이름은 진짜 이름이 아니었다는 뜻인가?

치요는 이상한 생각이 들어서 아구리코를 다시 바라보았다.

"그렇다면 당신 진짜 이름은요? 진짜 이름은 뭔가요?"

"그건 말할 수 없다."

"말할 수 없다고요?"

"여우 혼령에게 이름은 자기 그 자체이고, 또한 사슬이기도 하다. 상대에게 영혼을 팔겠다는 각오 없이는 진짜 이름을 밝힐 수 없다. 섣불렀다가는 영원히 묶여버려 원래 살던 곳으로 돌아갈 수 없게 될지도 모르기 때문이다. 아고 가문 사람들은 그런 건 모르겠지만."

그렇게 말한 뒤 아구리코는 입술을 일그러뜨렸다.

"만약 알고 있었다면 무슨 수를 써서라도 내 이름을 알아내려고 했을 것이야. 나를 완전히 잡아두기 위해서. 녀석들은 항상 나를 두려워하지. ……흥. 어리석은 일이야. 잡혔을 때부터 나는 손도 발도 옴짝달싹 못하는데!"

아구리코는 분하다는 듯이 이를 아드득 악물었다. 할 수 있다면 아고 가문 모두의 목을 물어버리고 싶다. 그 소리에는 그런 생각이 담겨 있었다.

소름이 끼쳤지만 치요는 다시 물었다.

"……어쩌다 당신은 아고에게 잡혔나요?"

아구리코의 얼굴이 괴롭게 일그러졌다.

"모든 일은 백 년쯤 전에 시작되었다. ……백 년 전, 나는 아고 집안을 도우려고 했어. 그 무렵 아고는 그냥 농사꾼이었고 아주 가난했어."

치요는 놀랐다. 가난한 아고라니 상상도 할 수 없었다.

"저, 정말이에요?"

"믿지 못하는 것도 무리는 아니지. 그러나 분명한 사실이다. 그때 아고 사람들은 가난했어. 말 그대로 먹는 날 반, 굶는 날 반이었어. ……그런데 아이는 많았지. 가난한 살림이라서 아이들도 일을 많이 거들었지. 큰 아이들은 어른들이랑 번갈아가며 밭일을 하고, 어린애들은 숲에 들어가서 먹을 걸 찾았어. 가끔은 아구리 숲 근처까지 오는 일도 있었단다. 기특했단다, 아주."

아구리코는 그런 아이들을 몰래 지켜보게 되었다. 특히 제일 어린 남자아이가 마음에 들었다. 아직 정말 어렸는데도 악착같이 덤불 속으로 기어들어 와 산나물이나 버섯을 찾는 모습에 마음이 흔들린 것이다.

아구리코는 그 남자아이 뒤를 따라다니며 숲에 사는 짐승들이 남자아이를 덮치지 않도록 지켜주었다.

그리고 어느 날, 마침내 아구리코는 남자아이 앞으로 갔다. 다리를 다친 그 아이를 업어서 집까지 데려다준 것이다.

며칠 뒤, 그 아이는 다시 아구리 숲 근처로 왔다. 그런데 이번에는 아구리코를 찾으러 온 것이었다. 아구리코는 기뻐서 그 아이 앞에 모습을 드러내고 둘이서 놀았고, 그 아이가 돌아갈 때는 산나물을 잔뜩 들려 보냈다.

그렇게 아구리코와 남자아이의 비밀스런 만남이 시작되었던 것이다. 그러나 어린아이는 계속 비밀을 지키지 못했다.

어느 날, 남자아이는 쑥떡을 들고 아구리코를 찾아왔다.

"이거, 엄마가 들고 가랬어. 아구리코 님이 드시게 하라고. 늘 여러 가지를 보내 주니까 고맙다면서."

이가 빠진 접시에 담겨 있던 것은 달랑 쑥떡 한 덩이. 가난한 집에서 어렵게 마련해 준 것이었다.

그것을 아구리코는 고맙게 받았다. 그렇게 맛있는 떡은 여태 먹어 본 적이 없다고 생각했다. 사람의 마음 씀씀이가 기쁘고 또 기뻐서 아구리코는 그들을 위해서 할 수 있는 걸 다 해주고 싶다고 생각했다.

이렇게 해서 한 집안과 아구리코의 유대는 끈끈해져 갔다.

그들이 숲에 들어오면 아구리코는 숲의 은혜를 아낌없이 나누었다.

때로는 아구리코가 그들이 사는 곳에 가는 일도 있었다. 모내기를 하거나 벼 베기를 돕기 위해서다. 모내기를 도와주면 그들은 특히 기뻐했다. 아구리코가 심은 모종들은 병충해를 입지도 않았고 수확도 다른 집 논보다도 많이 거둘 수 있었기 때문이다.

아구리코에 힘입어 집안은 조금씩 조금씩 살림이 피기 시작했다.

"그 집안은 나를 신처럼 받들어 주었어. 나도 그런 그들을 어여삐 여겼지. 지금의 나와 아고 가문의 관계를 생각하면 그때의 일이 마치 꿈만 같아……."

아구리코와 집안의 사귐은 십 년이나 이어졌고, 아구리코는 그들을 점점 소중하게 생각하게 되었다. 하지만 십 년 사이에 인간들의 마음은 조금씩 변하기 시작했다.

풍족해짐에 따라서 집안 사람들 마음에는 어두운 그림자가 소용돌이치게 되었다. 그것은 다시 가난해질 것에 대한 두려움이었다.

자기들이 계속 풍족하게 살기 위해서는 아구리코가 반드시 필요하다. 그러나 아구리코는 사람이 아니다. 언젠가 자기들을 버릴지도 모른다. 어떻게 해서든지 아구리코를 잡아둘 수 없을까? 그렇다. 영원히 잡아둘 수는 없을까?

그런 생각에 사로잡혀가고 있었던 것이다.

그리고 추수가 끝난 가을 밤의 일이다. 집안에서 아구리코를 잔치에 불렀다. 풍요로운 수확을 할 수 있게 해준 감사의 뜻이라고 했다.

아구리코는 기꺼이 초대를 받아들였다. 권해주는 대로 음식을 먹고, 술을 마시고, 노래와 춤을 즐겼다.

그렇게 느긋하게 있었을 때이다. 집안의 우두머리가 아구리코에게 선물을 바치고 싶다고 했다. 놀라게 해주고 싶으니 눈을 감아 달라고 하면서.

아구리코는 하라는 대로 눈을 감았다. 그리고 그때 무언가가 목에 씌워졌다.

그 순간, 무서운 힘이 아구리코를 억지로 찍어 눌렀다. 몸이 안에서부터 쥐어 짜이듯 비틀리고, 통증이 마구 몰아쳤다. 너무 심한 충격에 정신을 잃은 다음 눈을 떴을 때는 봉인 목걸이가 채워지고, 결계에 갇혀 있었다.

이렇게 해서 아구리코는 잡힌 것이다.

괴로운 얼굴로 아구리코는 이야기를 이어갔다.

"나를 잡은 뒤에 녀석들은 나를 데리고 이 땅으로 옮겨왔다. 아구리 숲에서 나를 멀리 떼어놓은 것이야. 그래야 나를 자기들 마음대로 할 수 있으니까. 그리고 그들은 무서운 기세로 번성해 나갔어. 아구리코의 힘은 아구리코의 의지와 상관없이 행운을 불러들이는 거였으니까."

아고의 논밭에서는 해마다 풍요롭게 작물을 거두었고, 연이어 행운이 따라 집안은 더욱 커졌다. 운은 재물이 되고, 재물은 다시 재물을 부르고……. 마침내 이 주변 일대를 다스리는 호족으로까지 번성했다.

"이 산에 저택을 지을 때, 그들은 자기 가문 이름을 아고라고 지었어. 그것은 그냥 지은 이름이 아니야. 아고의 아는 아구리코, 즉 나를 뜻하고, 고는 힘으로 누른다는 뜻이야. 알겠니? 그리고 녀석들은 스스로 아구리코를 지배하는 자라는 뜻을 가진 이름을 붙인 거야!"

그것이 아고 가문의 탄생이었다.

아구리코의 분노에 찬 얼굴이 갑자기 서글프게 바뀌었다.

"그중에는 이런 짓을 그만두어야 한다고 말해주는 자도 있었어. 이것은 잘못된 일이다. 아구리코를 풀어주고 앞으로는 스스로의 힘으로 집안을 키워야 한다고. ……하지만 아고는 그런 자들은 없애 버렸어. 가차 없이."

맨 처음 당한 것은 아구리코가 처음에 만난 그 남자아이였다.

"그 아이 이름은 소스케였는데, 이미 훌륭한 청년으로 자라 있었지. 나는 소스케를 가장 좋아했어. 참으로 솔직한 아이였어. 내가 잡혔을 때, 소스케는 무슨 짓을 하는 거냐고 소리를 질렀어. 계획은 미리 알리지 않았던 거겠지. 갇혀 있는 나에게 울면서 빌었어. 꼭 도망치게 해줄 테니까 기다리라고 말해줬어."

그렇지만 그 약속은 이루어지지 않았다. 어느 날부터인가 소스케는 아구리코를 찾아오지 않았다.

아구리코는 초조해하며 소스케를 기다렸다. 기다리고 기다리고, 또 기다렸다.

몇 년이나 기다린 끝에 아구리코는 소스케가 죽었다는 것을 알았다. 술을 가져다준 아고 집안 여자가 무심코 입을 놀린 것이다.

"여자의 말, 목소리에서 금방 알아차렸어. 소스케는 그냥 죽은 게 아니다. 가문에 죽임을 당한 거라고. 나를 도망치게 하려는 배신자를 아고는 용서하지 않았던 게지."

아구리코의 눈이 다시 번들번들 불타올랐다.

"그때 나는 정말로 분노했어. 좋은 기억은 모조리 사라졌고 마음속에서 아고를 증오했어. 더 이상 아고 마음대로 하게 두지 않겠어. 갇혀 있어도 할 수 있는 일은 하겠다. 어떤 강한 결계라도 내 분노까지 가둘 수는 없었으니까."

결계 안에서 아구리코는 오로지 분노와 증오를 토해냈다. 분노는 사악한 기운이 되었고, 증오는 독이 되었다. 그것들이 공기에 녹아들어 아고 가문을 조금씩 해쳐갔다.

아구리코가 노렸던 대로 아고 가문에서 사람이 서서히 줄어갔다. 병약한 자는 늘어가기만 했다. 아이들도 해가 갈수록 태어나지 않았다. 서서히 아구리코는 아고의 목을 졸라갔다.

자기들의 혈통이 끊겨가는 것을 깨닫고 아고 가문은 허겁지

겁 아구리코의 분노를 달래려고 했다. 하지만 온갖 것을 바쳐도 아구리코는 눈길도 주지 않았다. 원하는 것은 단 하나, 자유뿐이었으니까.

"아무리 재산을 축적해도 아이가 태어나지 않으면 집안은 망하지. 풍족한 부와 건강한 나날을 보낼 수 없다면 의미가 없어. 아고가 그것을 깨달으면 나를 자유롭게 해줄지도 모른다. 나는 그런 바람을 갖고 아고에게 증오를 계속 퍼부어댔어. ……그대가 오기 전까지 말이야."

"네에?"

놀라는 치요를 아구리코는 똑바로 보았다. 그 눈에는 이미 분노는 없고 서글픈 기운만 서려 있었다.

"나를 돌봐주는 그대야말로 가장 삿된 기운을 받기 쉬워. 그대를 죽이고 싶지 않았어. 그래서 나를 억누르기로 한 거야. 맑은 술을 마시기로 했어. 그대가 막 왔을 무렵에는 여기 오래 머물게 하지 않으려고 했어. 그것도 그대를 위해서였지. 여기에 싸여 있는 사악한 기운을 오래 들이마시면 몸에 해로우니까."

그래서 처음에는 잠시만 머무르면 "이제 돌아가라."고 했던 걸 치요는 이제서야 납득했다.

그러고 보니 언제부터일까? 여기 들어와도 숨쉬기가 힘들다고 느끼지 않았던 것은? 검은 안개처럼 고여있던 것이 사라진 것은?

모든 것은 아구리코가 치요를 위해서 분노를 억눌렀기 때문이다.

이때 치요는 무서운 사실을 깨달았다.

창백해진 치요는 아구리코를 보았다. 아구리코는 고개를 끄덕였다.

"그래, 치요. 그대는 오로지 그것을 위해 팔려온 것이야. 내 분노를 누그러뜨리게 하기 위해서. 그리고 그것은 성공했어. ……요이치로의 아이도 이번에는 무사히 태어나겠지."

담담하게 중얼거리는 아구리코를 치요는 빤히 바라보았다.

"아고 사람들이 노리는 것을 알고 있으면서 그런데도 나를 겨, 곁에 두셨던 거예요?"

"그대에게는 죄가 없으니까. 게다가 사악한 기운을 그만 뿜게 된 것은 그대를 위해서만은 아니다. 나는 이제 완전히 아고에게 정나미가 떨어져 버렸어. 수십 년이 지나도 조금도 달라지지 않는 사람들이야. 이제 무엇을 한들 소용없을 테지."

아구리코는 단념했다는 듯이 말한 다음 치요를 보고 빙긋 웃었다.

"하지만 그들에게 딱 한 가지는 고맙게 생각하고 있어. 그대를 보내 주었으니까. 이것만은 감사하지 않을 수 없지."

"하, 하지만 나는 아고의 하인이었잖아요?"

마치 토할 것 같이 창백한 소녀에게 아구리코는 미소를 지었다.

"하지만 그대는 그것을 몰랐지 않나?"

"무, 물론이에요!"

"그렇고 말고! 만약 그렇다면 나는 금방 알아차렸을 테지. 처음 그대가 여기에 왔을 때 나는 이상하다고 생각했어. 그대는 지금까지 결계 안으로 들어온 어떤 자하고도 달랐으니까."

아구리코의 분노를 가라앉히면 상을 받을 수 있다.

날뛰는 요괴를 복종시켜 주겠어.

그때까지 보내온 사람들은 모두 그런 점쟁이나 주술사들 뿐이었다. 그들이 결계 안으로 들어올 때마다 아구리코는 쫓아냈다. 자기 몸을 지키기 위해 싸웠던 것이다.

그러나 치요는 달랐다. 겁을 집어먹고 찾아온 소녀는 아구리코를 보자마자 놀란 표정을 지었다. 그 눈에는 악의도 욕심도 없었고, 샘물처럼 맑았다.

"그때 나는 생각했었다. 이 아이는 믿을 수 있지 않을까 하고. ……그대 같은 사람도 있다는 것을 알고 구원받았다. 덕분에 인간도 아직 쓸만하다고 생각할 수 있게 되었어."

아구리코의 음성은 평온했지만, 그것이 치요에게는 괴로웠다. 자기가 뱃속 검은 아고 가문의 수하 노릇을 하고 있었다니, 가슴이 미어지는 것 같았다.

아구리코에게 자유를 돌려주고 싶다! 이런 짓은 이미 충분하다!

타들어 가는 마음으로 치요는 외쳤다.

"아구리코 님, 당신을 여기서 내보낼 방법은 없습니까?"

"어렵다. 자 이걸 봐라."

아구리코는 자신의 가느다란 목에 파고 들어가 있는 쇠고리를 가리켰다.

"이 목걸이를 하고 있는 한, 저 금줄 밖으로 나갈 수 없다. 설령 문이 모두 열려 있다고 해도 저 검은 금줄 밖으로 나갈 수 없어. 금줄에 그런 주술이 걸려 있기 때문이다. 그리고 나는 이 목걸이를 만질 수조차 없다."

"그럼 제가 빼드릴게요!"

치요는 손을 뻗어 아구리코의 목걸이를 잡으려고 했다. 그런데 치요의 손가락은 스르륵 목걸이를 통과해 버렸다.

몇 번을 해도 마찬가지였다. 목걸이에 닿기는커녕 그 감각조차 느낄 수가 없었다.

"어, 어떻게?"

"이것은 환영 같은 것이다. 보이지만 실제로 있는 건 아니야. 이 쇠 목걸이는 사실은 목이 아니라 내 심장에 박혀 있어. 내가 결계를 벗어나려고 하면 곧바로 심장을 조여온다."

"……그렇다면 저 금줄은요? 저걸 없애버리면 밖으로 나갈 수 있을지도 몰라요!"

"저것도 이 목걸이와 마찬가지야. 그대의 힘으로는 결코 풀 수 없다. 게다가 금줄에는 손을 대지 않는 게 좋아. 저 금줄은 전쟁에서 죽임을 당한 여자들의 머리카락으로 만들어졌어. 여자들의 원한이 소용돌이치고 있는 부정한 물건이야."

할 수 있는 게 없다고 말하고 아구리코의 시선이 아득해졌다.

"가난한 집안을 도운 것을 원망하지는 않는다. 나는 좋은 일을 하려고 한 거니까. ……이대로 여기서 썩을 수밖에 없다고 해도 그것이 나의 운명일지 몰라."

치요는 이제 더는 눈물을 참을 수가 없었다.

"죄, 죄 죄송 해요. 죄소옹 해 요오."

눈물을 줄줄 흘리면서 치요는 사죄했다. 아구리코를 욕한 것이 부끄러웠다. 아구리코가 화를 내는 것은 당연한 일인데. 그것을 탓하다니 얼마나 어리석은 짓을 해버렸나.

아구리코는 그런 치요의 머리를 쓰다듬으며 말했다.

"울지 말아라 치요. 그대가 울면 마음이 괴로워. 그대 탓이 아니다. 그대 탓이 아니야."

아구리코의 다정함이 치요에게는 더욱 괴로웠다.

'이렇게 험한 일을 당하고 있으면서 아구리코 님은 어째서 그렇게 다정해질 수 있어요? 어떻게 나 같은 것한테 다정하게 대해줄 수 있어요?'

치요가 울음을 그치지 않자 아구리코는 난처한 표정을 지었다.

"부탁이니 울음을 그쳐라. 나를 위해서 눈물을 거두어줘."

"하, 하지만…… 이, 이건 너무 잔인해요. 이대로 계속 갇힌 채로 지내야 하다니. 주, 죽지 않는 한 밖으로 나갈 수 없다니! 이건 정말 너무해요."

멈칫, 아구리코는 치요의 어깨를 쓰다듬던 손을 멈추었다. 그 눈이 말똥말똥 커지는가 싶더니 눈동자 안에서 불꽃 같은 빛이 뿜어져 나왔다.

아구리코는 치요의 손을 꼭 잡았다.

"치요! 그대는 정말 훌륭한 아이다!"

"네에?"

"아아, 이런 은혜를 입다니! 그대가 나에게 어떤 영감을 주었어. 음, 그렇고말고. 그런 방법이 있었어. 치요, 잘 하면 나는 여기서 나갈 수 있을 것 같다."

"정말이요? 하지만 어떻게요?"

"여기서는 말할 수 없어. 듣는 귀가 많으니까. 그러니 내일 이야기하마. 치요, 오늘 밤에는 자기 전에 이것을 베개 밑에 넣어 두어라."

아구리코는 그렇게 말하고 자기의 여우 털 같은 노란색 머리 카락을 한 가닥 뽑아서 치요에게 주었다.

"이걸 베개 밑에 두라고요? 왜요?"

"그건 나중에 이야기해 주마. 오늘은 이제 돌아가라. 오늘 밤 은 일찌감치 잠자리에 들어라. 알겠지?"

아구리코의 눈은 장난스럽게 빛나고 있었다.

그날 밤, 치요는 시키는 대로 아구리코의 머리카락을 베개 밑 에 넣어 두고 일찍 잠자리에 들었다.

금방 잠에 곯아 떨어졌다.

꿈속에서 치요는 부연 안개 속에 있었다. 눈을 비비고 살펴보 아도 보이는 것은 안개뿐이다. 어찌할 바를 모르고 서 있는데 뒤에서 목소리가 들렸다.

"치요."

돌아보니 아구리코가 서 있다.

"아구리코 님."

"그래. 나다."

그렇게 웃는 아구리코 목소리와 모습은 꿈이라고는 생각할 수 없을 만큼 뚜렷했다. 문득 치요는 깨달았다.

"이거, 그냥 꿈이 아니지요?"

"그렇다. 내가 그대의 꿈속으로 들어왔다. 주술을 써서 영혼을 날려 보낸 것이다. 결계에 갇혀 있어도 그 정도는 할 수 있으니까. 몰래 이야기를 하려면 이 방법이 제일이다. 천하의 아고라도 여기까지 엿들으러 올 수 없을 터이다."

아구리코는 치요의 손을 잡고 잘 들으라고 말했다. 그러나 그 눈길도 말투도 어딘가 망설임이 섞여 있었다.

"그대는 나를 위해서 울어주었다……. 그 눈물에 기대어 어렵게 부탁한다. 치요, 나를 구해주지 않겠는가? 내가 자유로워지는 걸 도와줄 수 있겠는가? ……물론 이것은 위험한 일이다. 아고에게 알려지면 무슨 일을 당할지 모른다."

잘못하면 목숨이 위험할 거라고 아구리코는 괴로운 듯 중얼거렸다.

"사실은 그대를 위험에 처하게 하고 싶지는 않아. 하지만 그대한테 부탁할 수 밖에 없구나, 치요. 해주겠는가?"

"네."

치요는 고개를 끄덕였다. 털끝만치도 망설이지 않았다. 아구리코를 자유롭게 해줄 수 있다면 무엇을 해도 아깝지 않다고 생각했다.

그 생각이 얼굴에 나타났을 것이다. 아구리코의 눈에 물기가
어렸다.

"고맙구나. 정말…… 감사해."

"하지만 어떻게 하면 좋을까요? 나는 아구리코 님 목걸이도,
그 금줄도 만질 수가 없어요. 어떡하면 아구리코 님을 결계 밖
으로 꺼낼 수 있어요?"

치요의 물음에 아구리코는 자기 가슴을 가리켰다.

"그 봉인은 내가 죽으면 즉, 이 심장이 멎으면 사라지게 되어
있다. 그러니까 그것을 역으로 이용해보려고 한다. 치요, 나는
잠시 죽으려고 한다. 아니 끝까지 들어라. 잠깐 동안만 심장을
멈추는 방법이 있다, 이것을 보아라."

아구리코가 펼친 손 안에 갑자기 풀이 나타났다. 고사리 같
은 이파리가 무성한 거무스름한 풀인데 백합 뿌리랑 아주 비슷
한 구근이 달려 있다.

"이것은 여우괴질이라는 풀뿌리인데 여우족에게는 맹독이다.
물론 이 즙을 그대로 마시면 나는 그 자리에서 죽어버릴 것이
야. 하지만 여기에 여덟 가지 약초를 더하면 독기를 약하게 누
그러뜨릴 수 있다."

이번에는 여덟 가지 풀과 꽃이 아구리코 손 안에 나타났다.

치요도 거의 알고 있는 들판에 지천으로 널려 있는 풀이었다.

"이런 걸로…… 정말 독이 누그러들어요?"

"그렇단다. 이 풀들을 섞은 여우괴질을 마시면 목숨을 잃지 않고 심장만 멈추게 할 수가 있단다. 내 몸은 다른 생물들하고는 많이 달라. 독으로 심장이 멈추어도 해독제를 마시면 다시 숨이 돌아오지. 그래도 만 하루 정도가 한계이기는 하다."

"……그러니까 독을 먹은 다음에 만 하루가 지나면 해독제를 먹어도 살아나지 못한다는 뜻이에요?"

"그렇다. 하지만 하루면 충분하다. 그 하루 동안에 그대가 나를 결계 밖으로 끌고 나와 해독제를 먹여주면 된다. 그 결계는 살아 있는 아구리코를 가두기 위해 만들어진 것이다. 주검이 된 아구리코라면 분명 밖으로 내어줄 것이다. 자, 이것이 해독용 약초다."

아구리코는 다시 열 개 남짓의 약초를 꺼내서 치요에게 보여주었다. 치요는 그것들의 잎 모양과 꽃 색 등을 단단히 머릿속에 새겨두었다. 안 그래도 원래 약초에 대해서는 잘 아는 편이라서 풀 나무의 특징을 기억하는 것은 누워서 떡 먹기였다.

"기억했느냐?"

"네. 걱정 마세요."

"그럼 부탁한다. 지금 보여준 약초들은 모두 들판에 있을 것이다. 틈을 봐서 찾아두거라. 하지만 서두르지 않아도 된다, 치요. 내게 시간은 지긋지긋할 정도로 많으니까. 그보다 주위를 조심해라. 절대로 의심받지 않도록 해야 한다."

조심하라고 거듭 말하면서 아구리코의 모습은 흐려져 갔다.

치요는 자신이 평소의 잠으로 돌아온 것을 느끼면서 내일이라도 당장 들판에 나가야겠다고 생각했다. 아구리코는 서두르지 않아도 된다고 했지만, 치요는 되도록 빨리 약초를 모을 작정이었다. 한시라도 빨리 아구리코를 그 어둠 속에서 꺼내주고 싶었기 때문이다.

다음 날, 치요는 저택 밖으로 나가도 되냐고 헤이하치로에게 물었다. 헤이하치로의 얼굴에서 금세 경계의 빛이 떠올랐다.

"어디에 가려고?"

"저, 꽃을 따려요."

"꽃이라고?"

"예, 예. 저 아구리코 님이 들꽃을 보고 싶다고 하셔서요. 결계 안은 어둡고 쓸쓸하니까 조금이라도 밝아질 만한 것이 있으면 좋겠다고 하셔서……."

헤이하치로의 얼굴이 살짝 흐려졌다.

"어둡고 쓸쓸하다고……. 그래 알았다. 이 산기슭에 들판이 있는 건 알고 있지? 거기에 갔다 와라."

"고맙습니다."

인사를 하면서 치요는 가슴이 철렁 내려앉았다. 헤이하치로 목소리에 가여움이 배어 있었기 때문이다.

'헤이하치로는 아구리코를 안타깝게 생각하나? 아고 집안사 람인데?'

설마했지만, 문득 고마키의 말이 떠올랐다. 어렸을 때 헤이하 치로는 아주 다정했다고 그랬다. 아직 그 다정함을 잃지 않았 다는 것일까?

그러나 정신을 차리라는 듯이 헤이하치로의 얼굴이 다시 신 중해졌다.

"하지만 혼자는 안 돼. 누군가 데리고 가. 그래, 신페이, 어이 신페이!"

헤이하치로가 마침 옆을 지나가고 있던 나이 든 하인을 소리 질러 불렀다.

"네에, 도렴님. 무슨 일입죠?"

"이 아이를 따라가 줘. 저 아래 들판에 꽃을 따러 간다는구 나. 단, 금방 돌아와라. 15분 안에, 알겠지?"

"네에 알겠습니다."

이렇게 해서 치요는 하인 신페이와 함께 저택에서 멀지 않은 들판으로 향했다.

들판에는 꽃이 흐드러지게 피어 있었다. 푸른 풀밭 위에 자주색, 하얀색, 다홍색, 노란색 꽃이 별처럼 흩어져 있다. 마치 비단을 펼쳐 놓은 것 같다.

그러나 치요는 그 아름다움도 거의 눈에 들어오지 않았다.

치요는 꽃을 따는 척하면서 필사적으로 눈을 움직여 아구리코가 가르쳐준 풀을 찾았다. 몇 개는 금방 찾았지만 물론, 찾을 수 없는 것도 있었다.

시간은 눈 깜빡할 사이에 지나 "어이, 이제 슬슬 돌아가야지." 라고 신페이가 소리를 질렀다.

적당히 꺾은 들꽃 사이에 찾아낸 약초를 섞어 넣고 치요는 저택으로 돌아왔다. 그대로 곧장 아구리코에게 들꽃을 가져다 주었다.

약초를 찾는다는 구실로 따온 들꽃이었지만 이것이 생각지도 못하게 아구리코를 기쁘게 했다.

아구리코는 들꽃을 소중하게 받아 들었다. 꽃잎과 이파리 한 장 한 장을 살짝 만지고, 그 냄새를 맡으면서 혼잣말처럼 속삭였다.

"……바깥의 기운이야. 아아 정말 봄이구나. 햇살과 대지의 따뜻한 냄새가 이 꽃에서 느껴져."

간절한 말투에 치요는 그만 눈물이 쏟아질 뻔했다.

"머잖아 아구리코 님의 두 눈으로 직접 그것들을 보시게 될 거예요."

그렇게 위로하자 아구리코가 머리를 끄덕였다.

"그렇겠지……, 그래서 어떻게 되었지? 좀 찾아냈느냐?"

"네. 세 가지를 찾았어요. 해독제용 두 가지하고 독약에 섞을 거 하나."

잘 했다며 아구리코가 웃었다.

"이거 어떻게 할까요?"

"우선은 말려야지. 단단히 말려야 하거든. 그런데 여기는 빛은커녕 바람조차 들어오지 않는다. 치요, 그대 방에서 말려 주겠는가?"

"알겠습니다."

"부탁한다. 부디 들키지 않도록 하고."

"예."

치요는 품에 단단히 풀을 감추고 별채에서 나왔다.

치요는 자기 방으로 돌아오다가 헤이하치로를 만났다.

"어땠느냐? 꽃을 좋아하더냐?"

"네, 네에. 아주 기뻐하셨어요. 저어, 햇살과 땅의 냄새가 난다면서 가만히 보고 계셨어요."

"그래."

헤이하치로의 얼굴이 만족스럽게 풀어졌다. 그것을 보고 치요는 크게 마음먹고 말을 꺼냈다.

"저 내일도 따가지고 왔으면 좋겠다고 하셨는데 나가도 됩니까?"

"그럼. 신페이를 데리고 간다면 나가도 좋아. ……되도록 듬뿍 따가지고 와라. 보호신 님은 햇살도 땅도 두 번 다시 볼 수 없을 테니까……."

헤이하치로의 목소리는 다정했다.

이때 치요는 분명히 깨달았다. 헤이하치로는 확실히 아구리코를 안타까워하고 있다. 그러나 결코 아구리코를 자유롭게 해줄 마음 따위는 없었다.

'하지만 난 달라. 나는 꼭 아구리코 님을 밖으로 빼낼 거야. 햇살과 대지를 아구리코 님에게 돌려드려야지.'

치밀어 오르는 분노를 누르면서 치요는 마음속으로 중얼거렸다.

이누마루

그 뒤로 치요는 매일 같이 꽃을 따러 나갔다. 덤불 뒤나 키가 큰 풀 사이에서도 필요한 것을 찾아냈다. 덕분에 눈은 매처럼 날카로워지고 아무리 작은 것도 놓치지 않게 되었다.

의외로 아고 저택의 마당에도 구하는 약초가 몇 가지나 있었다. 눈앞에 있는 것을 일부러 못 본 척할 필요는 없었다.

아무도 없는 한밤중에 치요는 마당으로 나가 필요한 꽃을 한 줌 꺾기도 하고, 풀뿌리를 파내기도 했다.

그날 밤도 치요는 뒷마당으로 숨어들었다.

고요한 어둠 속을 치요는 발소리를 죽이고 걸어갔다. 무슨 소리가 나면 멈춰 서서 귀를 기울였다.

누구한테 들키면 모든 일이 물거품이 돼버린다. 들키면 안 된다. 알려지면 안 된다. 그림자가 되어라. 아무한테도 눈에 띄지 않는 그림자가 되어라.

치요는 스스로에게 말하면서 신중하게 걸었다.

덕분에 가려고 했던 곳에 도착했을 때는 온몸이 땀으로 범벅이 되었다.

오늘 밤에는 뒷마당 안쪽에서 자라는 적송 껍질을 벗기려고 했다. 치요는 슬쩍 나무 뒤로 돌아가 사람들 눈에 잘 뜨이지 않게 뿌리에서 가까운 쪽 껍질을 벗겨내려고 했다. 그때다.

"뭐 하는 거냐?"

한껏 소리를 죽인 목소리에 치요는 놀라 자빠지는 줄 알았다. 돌아보니 바로 뒤에 남자가 서서 물끄러미 이쪽을 보고 있었다.

헤이하치로!

치요는 심장이 튀어나오는 줄 알았다. 그러나 자세히 보니까 아니었다. 남자는 헤이하치로보다 훨씬 덩치가 작았다. 머리는 부스스하고 더러운 옷을 걸치고 있었다.

치요는 두근거리는 가슴을 누르고 남자를 마주 보았다. 나이는 스물일곱, 여덟쯤으로 보였다. 어디선가 본 기억이 있는데 누군지 생각이 나지 않았다.

어떻게든 기억해 내려고 하는 치요에게 남자가 가까이 다가왔다.

"이런 데서 뭐 해?"

어눌하고 낮은 목소리와 함께 짐승 냄새가 훅 끼쳐왔다. 그 냄새가 치요의 기억을 불러일으켰다.

"이누, 마루 씨……?"

그렇다. 분명 그렇게 불렀던 것 같다. 이누마루. 치요가 여기 오던 날에 봤던, 이 저택의 개를 돌봐주던 남자다. 그 후로 몇 번인가 복도 같은 곳에서 스쳤다. 그때마다 심하게 짐승 냄새가 나서 속으로 놀랐었다.

하녀 고마키 말로는 이누마루는 별명이라고 한다. 개를 돌봐 주는 일만 하기 때문에 이누마루라고 불리게 되었다나(옮긴이 주 : 일본어로 개가 이누이다). 9년 전쯤부터 이 저택에서 일했는데 고마키 조차 이누마루한테 말다운 말을 들어본 적이 거의 없다고 한다.

"그 남자는 아주 별나. 당최 말을 안 하는 데다, 또 개집에서 먹고 잔다니까. 사람보다 개를 더 좋아하는 것 같아. 아마 그 남자 마음은 개일 거야. 그러니까 개처럼 주인에게 충직할 거 야."

고마키는 그렇게 말했었다.

그 이누마루에게 들켜 버리다니.

어떻게든 변명거리를 찾고 있는 치요에게 이누마루는 더 가까이 다가왔다. 따뜻한 숨이 치요에게 닿았다.

"미, 미안해요."

첫 마디가 나오자 겨우 혀가 돌아갔다.

"나, 나는 이 적송 나무껍질이 가, 갖고 싶었어요. 이걸 끓여서 마시면 모, 몸에 좋다고 엄마가 가르쳐 줬거든요."

"……왜 이런 한밤중에?"

"마, 마당의 나무에 상처를 내면 혼날 것 가, 같았어요……. 죄, 죄송해요. 부탁이니까 제, 제발, 헤, 헤이하치로님한테는……."

코를 훌쩍거리는 소녀를 이누마루는 물끄러미 보고 있다가 갑자기 얼굴을 가까이 갖다 댔다.

"방으로 돌아가. ……그 적송 껍질은 관둬. 그놈은 나무 심지가 벌레를 먹어버렸어."

"네. 네. 죄송합니다."

치요는 헐레벌떡 이누마루 앞에서 달아났다. 부리나케 자기 방으로 돌아와 이불 속으로 기어들었다. 눈물이 멈추지 않았다.

이누마루는 분명 헤이하치로에게 고할 것이다. 지금이라도 당장 헤이하치로가 길길이 화를 내며 이곳으로 올지 모른다. 이제 끝장이다. 모든 게 다 끝났다.

소리를 죽이고 계속 울었다.

그러다가 치요는 지쳐서 어느새 잠이 들어버렸다.

문득 눈을 뜨니 새벽이 밝았다. 부은 눈을 비비면서 치요는 일어났다. 그리고 깜짝 놀랐다. 이불에서 조금 떨어진 곳에 나무껍질이 다발로 놓여 있었기 때문이다.

떨리는 손으로 집어 들자 신선한 소나무 향이 났다.

치요는 곧 이누마루가 어디선가 벗겨서 가져다 둔 거라는 걸 알아차렸다.

"이렇게 많이……."

아무리 그래도 너무 많다고 생각하면서 치요는 나무껍질을 슬그머니 안았다.

그리고 며칠 뒤 치요는 복도에서 이누마루와 스쳐 지나갔다. 이누마루는 치요 쪽으로 눈길도 주지 않았다. 말을 걸지 말라고 하는 것 같은 생각이 들어서 치요는 있는 마음을 다해서 머리를 숙였다.

이누마루는 이것도 무시했지만, 치요는 마음을 쓰지 않았다. 이누마루의 배려는 이상하게 마음에 남았다.

저택 안

　치요가 신중하고 끈질기게 모은 덕분에 초여름 무렵에는 약
초가 대충 모였다. 그런데 아직 가장 중요한 여우괴질을 찾지
못했다. 눈을 왕방울처럼 뜨고 찾아다니는데도 도무지 눈에 띄
지 않았다.

　"들판에는 없는지 모르겠구나. 그건 숲의 나무 그늘이나 습기
가 많은 곳에서 자라는 거라서."

　아구리코가 가르쳐줘서 치요는 신페이가 선잠을 자는 틈을
타서 들판 근처의 숲에도 몇 번이나 들어가 보았다.

　하지만 아무리 찾아도 여우괴질은 찾을 수 없었다.

　치요는 점점 초조해졌다. 필요한 것을 찾지 못하니 애가 탔다.

　'오늘도 못 찾았어. ……찾을 장소를 더 넓혀야 하나. 하지만
이 이상 멀리까지 찾으러 가면 신페이가 의심할 텐데……, 아아
어떡하면 좋을까?'

　안타까워하면서 별채로 향하려고 했을 때다. 갑자기 누가 부

르는 소리가 났다.

"애야. 잠깐 이리 좀 와보겠니?"

돌아보니 마당 저쪽에 늙수그레한 남자가 손짓을 했다. 치요는 그 남자를 본 적이 있었다. 분명 와카사를 맡은 의원이다.

치요는 곧장 그쪽으로 뛰어갔다.

"무슨 일이십니까?"

"으음. 잠깐 날 도와주겠느냐? 이 바구니를 날라다 주지 않으련?"

의원은 옆에 놓여 있는 등짐 바구니를 가리켰다. 큰 바구니에는 여러 가지 풀이 잔뜩 담겨 있었다. 약초라는 걸 치요는 알아차렸다. 모두 딴 지 얼마 안 되는지 흙과 이슬 같은 것이 묻어 있었다.

바쁜 일도 없어서 치요는 흔쾌히 받아들였다.

"어려울 거 없습니다. 어디까지 옮겨다 드릴까요?"

"안채에 있는 내 방까지만 부탁하마. 허리를 조금 삐끗했어. 걷는 것은 어떻게 하겠는데 짐을 드는 건 도저히 어렵구나. 이 저택에는 사람도 많은데 하필 이럴 때는 꼭 아무도 만날 수가 없으니 원."

쓴웃음을 짓는 의원에게 웃어 보이면서 치요는 바구니를 짊어졌다. 바구니는 꽤 묵직했다.

"들 수 있겠느냐?"

"이 정도는 문제없습니다."

"그래. 보기보다 힘이 세구나. 자, 이쪽이야. 따라오너라."

"네."

치요는 의원 뒤를 따라 걸어갔다.

치요는 안채로 들어가는 게 이번이 처음이었다. 복도를 걸어감에 따라 점점 뭐라고 말하기 어려운 묘한 숨 막힘이 느껴졌다. 눈에 보이지 않는 어둠이 깊어가는 것 같은 느낌이다.

기분을 바꾸고 싶어서 치요는 의원에게 말을 걸었다.

"약초가 아주 많네요. 이거 전부 다 약으로 만들어요?"

"응, 그렇지. 그 바구니에 든 것은 거의 와카사 님이 쓸 거야."

"……와카사 님 몸이 그렇게 안 좋아요?"

머뭇거리면서 묻는 치요를 보고 의원이 웃었다.

"그건 아니야. 와카사 님은 약을 좋아하셔. 약을 먹으면 먹을수록 아기를 무사히 낳을 수 있다고 생각하는 모양이야. 뭐 기분이 개운해질 정도로 적은 양만 먹는다면 몸이 무거운 여인이라도 해는 없어. 그걸로 마음이 안정된다면 그편이 더 몸에 좋을 수도 있지."

변명 섞인 왠지 지긋지긋하다는 듯한 말투였다. 아무래도 불안감에 시달리는 와카사 님이 졸라서 약을 만들고 있는 모양이다. 와카사의 깐깐한 얼굴과 목소리가 떠올라서 치요는 의원이 측은하게 여겨졌다.

이야기를 주고받는 동안에도 두 사람은 계속 걸어갔다. 치요는 새삼 아고 저택의 넓이에 놀랐다. 대체 얼마나 큰 걸까? 이 복도는 어디까지 이어져 있는 걸까? 두 번 다시 밖으로 나올 수 없는 거 아닐까 불안할 정도로 넓었다.

그때 그 냄새가 나기 시작했다. 헤이하치로와 와카사한테서 풍기던 냄새, 눈을 찌를 것처럼 역하다. 냄새는 안으로 들어감에 따라 점점 강해졌다.

이것은 대체 무엇일까 하고 치요가 생각했을 때, 복도 끝에 금줄이 쳐져 있는 것이 보였다.

아구리코를 가두고 있는 것하고 비슷한 금줄이었다. 다만, 이것은 오색 비단 실을 꼬아 만들었고, 무지개색으로 빛나고 있다. 게다가 금줄 양 끝에는 치요의 주먹만 한 크기의 금색 종이 매달려 있었다.

치요는 가슴이 덜컥했다. 설마 이 안에도 무언가가 갇혀 있는 걸까?

망설이는 치요를 보고 의원이 웃었다.

"놀랐느냐? 이건 표식이라고 하더라."

"표식이요?"

"그래. 여기부터 안으로는 아고 집안 분들이 사는 곳이라는 표시. 유사이 님은 물론이고 유사이 님의 사촌들이랑 백모님, 숙부님도 모두 이 안쪽에 살고 계신단다."

"그, 그래요. 그런 분들이 계시는 줄은 몰랐어요."

"그렇겠지. 아무튼, 병약한 분들이 많아서 이 안에서 거의 나가지 않으시니까. 건강하게 밖으로 다니시는 분은 유사이 님과 헤이하치로 님 정도지. 자, 이제 가자."

의원은 아무것도 아닌 것처럼 금줄 밑으로 머리를 숙이고 들어갔다.

치요도 그 뒤를 따르려고 했다. 그런데 한 발 내디딘 순간, 치요는 엄청난 힘으로 팅겨 나갔다.

뭐지? 하고 생각했을 때는 바닥에 내동댕이쳐져 있었다. 무언가에 두들겨 맞은 것처럼 숨을 쉴 수 없었다. 머리를 세게 부딪혔기 때문에 어지럼증도 심했다. 귓속이 웅웅 울리고, 눈앞이 보이지 않았다. 잠깐 정신을 잃었는지도 모른다.

그러나 자그랑자그랑 하는 시끄러운 소리에 치요는 겨우 정신을 차려보니 금줄에 매달린 방울 두 개가 마구 흔들리며 울리고 있었다. 그 소리는 치요의 몸을 욱신욱신 아프게 했다.

이 종소리에서 벗어나야 한다.

비틀비틀 일어나려고 하는 그때 치요는 엄청난 힘에 붙잡히고 말았다.

무시무시한 형상을 한 아고 유사이가 거기에 있었다.

"네가 왜 여기 있느냐!"

유사이의 억누른 목소리에 치요는 온몸의 피가 얼어붙는 것 같았다.

대답 여부에 따라 죽을 수도 있다.

대답을 해야 하는데 목소리가 나오지 않았다. 입안은 뻑뻑하고 소리조차 다 말라버린 것 같다.

그러나 치요 대신 의원이 대답해 주었다.

"어르신. 이 아이는 아무 잘못이 없습니다. 제가 이 아이한테 방까지 바구니를 옮겨 달라고 부탁했습니다."

유사이는 의원을 물끄러미 보았다.

"그게 사실이냐?"

"거짓말을 해서 어쩌겠습니까? 그랬는데 갑자기 이 아이가 쓰러지고 방울이 울리기 시작했습니다. 당최 어떻게 된 일인지……."

의원은 계속 울리고 있는 방울을 언짢은 듯이 보았다. 그러나 유사이가 쯧쯧 하고 혀를 차자 방울은 딱 소리를 멈추었다.

어안이 벙벙한 의원에게 유사이는 위협하듯이 말했다.

"앞으로는 함부로 안채에 다른 사람을 데리고 오지 않도록 해주게. 안채는 우리가 지내는 곳이야. 이곳에 들어올 수 있는 사람은 우리와 의원, 그리고 내가 허락한 몇몇 하인뿐이오. 그밖에 사람이 들어오는 것은 언짢으니까."

"아, 알겠습니다."

"이 바구니는 다른 자에게 옮기게 하지. 그보다 이 아이한테 정신을 차리게 할 약이라도 가져다주게. 아직 벌벌 떨고 있는 것 같으니."

"예, 예. 다녀오겠습니다."

의원이 잰 걸음으로 사라지자 유사이는 한숨을 몰아쉬더니 치요를 내려다보았다.

"이제 이곳에는 가까이 오지 마라. 너한테는 보호신의 냄새가 배어 있어. 이 금줄은 보호신에 관한 것은 일체 다가오지 못하게 한다. 알겠느냐? 몹쓸 짓을 당하고 싶지 않으면 여기에 가까이 오지 마."

그렇게 내뱉고 유사이는 금줄을 빠져 안쪽으로 들어갔다. 그 바로 앞에 있던 방에서 파리한 얼굴 몇 개가 밖을 내다보았다. 모두 노인이나 중년 남녀이고 모두 얼굴이 비슷했다.

치요는 깜짝 놀랐다. 아고 집안사람들이다.

더는 참을 수 없다는 듯이 아고 사람들은 유사이에게 모여들었다. 강아지처럼 모여드는 그들에게 유사이는 달래듯이 말했다.

99

"아무 일도 아니야. 안심하고 방으로 돌아가지."

"그, 그렇지만 유사이 님. 결계의 방울이 울리는 일은 지금까지 없었는데. 이건 아무래도 그것이……."

"그, 그래요. 저 아이는 보호신하고 한패가 아닌지? 그렇다면 당장 목을 비틀어 버려야 해요. 결계에 닿았으니 약해졌을 테고 할 거면 지금 당장 해야지."

몇인가가 치요를 노려보았다. 증오가 담긴 눈빛에 치요는 소름이 돋았다.

"진정하게, 동생."

유사이는 잘라 말했다.

"그 아이가 결계 안으로 들어오지 못한 것은 보호신의 수발을 들고 있기 때문이야. 매일 보호신을 돌보고 있으니 그 냄새가 몸에 배었을 테지. 그래서 튕겨 나갔어. 그뿐이야. 한 번 더 말하지. 그 아이는 그냥 인간이야. 비천한 계집아이에 지나지 않는다고."

그러나 그 말에 만족할 수 없었는지 겁먹은 모습의 한 노파가 유사이에게 매달렸다.

"정말이야? 저, 정말로 괜찮겠지?"

"괜찮습니다, 숙모님. 안심하세요. 자 안으로 들어갑시다. 여러분도. 언제까지 이런 복도에 있다가 다시 몸이 안 좋아지면 어찌합니까?"

유사이에게 이끌려 아고 집안사람들은 방 안으로 사라졌다.

'후유' 치요는 숨을 내쉬었다. 몸은 아직 여기저기 쑤시고, 메슥거리는 속도 가라앉지 않았다. 이마의 식은땀을 닦으면서 치요는 금줄을 보았다.

이것은 별채의 금줄과는 다르다. 무언가를 가두려는 것이 아니고 아고 가문을 지키기 위한 결계이다.

그러나 강한 결계로 지켜지고 있는데도 안에 있는 아고 사람들은 모두 나약하고, 창백하고, 반쯤 죽은 것 같았다. 마치 그들이 갇혀 있는 게 아닌가 싶은 생각이 들어 치요는 몸을 부르르 떨었다.

이때 의원이 돌아왔다.

"이런? 어르신은?"

"바, 방으로 도, 돌아가서……."

"그래? 괜찮아졌느냐? 자 이걸 마셔라."

의원이 가지고 온 그릇에 치요는 입을 갖다 대고 얌전하게 약을 마셨다. 몹시 쓴 약이었지만, 마셨더니 속이 개운해졌다.

"고맙습니다."

"아니다. 하지만 놀랐어. 네가 쓰러지자마자 저 방울이 울리고 게다가 어르신이 달려 나오셨으니 원. 이 저택에는 이상한 일이 많아. 아, 넌 그만 돌아가라. 이 바구니는 이제 됐다. 나중에 다른 사람한테 옮겨달라고 할 테니까."

치요는 그 말을 듣기로 했다. 인사를 하고 돌아가려고 했을 때다. 다시 한층 더 그 기묘한 냄새가 강해지기 시작하는 걸 느꼈다.

치요는 자기도 모르게 의원 쪽을 돌아보았다.

"선생님. 저…… 이 이상한 냄새는 뭔가요?"

"응, 이거 말이냐? 아고 집안사람들이 부적처럼 애용하는 약향이야. 이분들은 아주 겁이 많으시지. 나쁜 것들이 가까이 오지 못하도록 늘 이 향을 지니고 다니시거든."

"아주 지독한데요."

"그래. 이 약향은 냄새가 독특하지. 여우괴질이라고 하는 좀 희귀한 풀뿌리를 갈아서 만든단다. 아고 집안은 이 일대에 있는 여우괴질을 모조리 다 캐 버렸어. 지금은 밭에서 이 풀을 키우고 있지. 사실은 이 약향을 조제하는 건 바로 나란다. 일 년 내내 조제하느라 아주 지긋지긋하다니까."

의원은 농담을 섞어 말했지만 치요의 낯빛이 바뀌었다.

"여우, 괴질이요?"

"그래. 들어 본 적 없어? 아마 오늘 캐 온 약초 중에도 있었던 것 같은데. 보여줄까?"

의원은 치요가 짊어지고 온 바구니를 부시럭부시럭 뒤지더니 마침내 동그란 풀뿌리를 하나 꺼내 보였다.

"자, 이거야."

그것은 틀림없이 여우괴질이었다. 작은 조각들이 여러 겹 포개져 만들어진 뿌리 모양은 아구리코가 꿈에서 보여준 그대로였다. 생각지 못한 행운에 치요의 볼이 살짝 붉어졌다.

"왜? 무슨 일 있어?"

"아, 아뇨. 모양이 참 희한한 뿌리네요. 꼭 백합 알뿌리 같아요."

치요는 몸을 쭉 내밀었다. 그리고 마치 다리가 꼬여버린 양 의원을 향해서 넘어져 버렸다.

"으아앗!"

놀라 허둥대는 치요를 받아 안더니 의원의 얼굴이 확 굳어졌다. 아프다던 허리에 심한 통증이 몰려왔을 것이다. 그의 손에서 여우괴질이 떨어졌다.

치요는 바로 용서를 빌었다.

"아아, 죄송해요!"

"아, 아니다. 괘, 괜찮을 거야."

"정말 죄송해요. 아, 그건 제가 주울게요."

치요는 재빨리 여우괴질의 뿌리 부분을 잡고 주워들었다.

그때 꽃잎같이 갈라진 뿌리 조각에 손가락을 걸어서 힘을 주었다. 와드득 조각 몇 장이 뜯어져 손안으로 들어왔다.

그것을 손안에 감춘 채로 치요는 여우괴질을 의원에게 돌려주었다.

"정말 죄송합니다, 의원님."

"됐다니까. 아, 아얏! 괘, 괜찮아. 너는 빨리 돌아가라. 여기 있다가 또 야단맞을지 모르니까."

치요는 몇 번이나 머리를 굽신거리고 그 자리를 떠났다. 생각지도 못하게 여우괴질을 구해 기뻐서 어쩔 줄 몰랐다. 아팠던 몸도 덜 아픈 것 같다.

드디어 구했다. 당장 별채로 가서 아구리코 님에게 알려야 한다.

그러나 여우괴질의 지독한 냄새가 점점 강해져서 난처했다. 수건으로 여우괴질 뿌리를 쌌지만 그래도 냄새가 새어 나왔다.

누가 알아차리지는 않을까 싶어서 치요는 제정신이 아니었다. 차라리 단숨에 복도를 달려서 벗어나고 싶었지만 그건 또 그것대로 의심을 받을 것 같았다.

아무 일 없는 척 걷는 것이 이렇게 힘이 들다니. 게다가 이 복도는 얼마나 긴지 끝도 없이 이어진 것처럼 생각되었다.

마침내 별채에 도착했을 때 치요는 자기 몸이 반으로 쪼그라

든 기분이었다.

비틀비틀 들어서는 치요를 보고 아구리코의 얼굴이 환하게 빛났다.

"찾았구나, 치요!"

"아셨어요?"

"알고말고! 아아 이 냄새. 틀림없이 여우괴질이야. 용케 찾아 주었구나!"

아구리코는 기쁜 나머지 쿵쿵 발을 찧었다. 그러나 몸이 휘청 기울어지더니 바닥에 쓰러져 버렸다.

놀라서 달려가려는 치요에게 아구리코는 소매로 얼굴을 가리면서 말했다.

"미, 미안하지만 조금 떨어져 있어 주게. 너무 독해서……."

여우괴질 냄새가 역겹다는 걸 알고 치요는 얼른 여우괴질을 결계 바깥으로 꺼냈다.

"괜찮으세요? 아구리코 님?"

"괜찮다. 너무 갑작스러워서 그만 숨을 들이마시고 말았어……. 조금 누워 있으면 기운을 차릴 거다. 그대도 오늘은 그만 쉬는 게 좋겠어. 그대의 몸에서 고통의 냄새가 나. 틀림없이 이걸 구하려다가 호된 일을 당한 모양이로군."

아구리코는 쉬라고 거듭 말했다. 어차피 당장 약을 만들 수는 없다. 다른 약초가 마르는 데도 아직 한참 걸릴 것이고, 조제를 하는데 필요한 도구도 모아야 한다.

"그러나 그것도 천천히 하면 된다. 초조해할 거 없어. 우선은 푹 쉬고. 그다음 중요한 일이 우리를 기다리고 있으니까!"

"예에."

둘은 얼굴을 마주 보고 고개를 끄덕였다.

시도

여우괴질을 손에 넣은 뒤 치요는 한동안 얌전히 지냈다. 결계에 튕겨 나갔을 때 생긴 통증이 좀처럼 낫지 않았고, 여우괴질을 훔친 걸 의원이 알아차리고 노발대발하지 않을까 조마조마했기 때문이다.

그러나 아무 일 없이 며칠이 지났다.

이제 괜찮다고 생각한 치요는 다시 조용히 움직였다. 약 조제에 필요한 도구를 모으기 시작했다.

먼저, 없어져도 아무도 눈치채지 못할 작은 접시나 주발, 숟가락 등을 몰래 훔쳐 나왔다. 약을 짜기 위한 얇은 천, 절구와 공이도 간신히 마련했다.

헤이하치로에게 부탁해서 화로도 하나 구했다. 이제 날도 더워지는데 웬 화로냐고 이상하게 여겼지만 "아구리코 님이 불을 보고 싶으시대요. 화롯불을 보고 있으면 혼자 있을 때도 쓸쓸하지 않을 것 같다고 하셨어요."라고 둘러댔다.

손에 넣은 물건을 치요는 매일 별채 안으로 옮겼고, 아구리코 는 그것들을 확인했다.

그리고 어느 날, 마침내 아구리코는 머리를 끄덕였다.

"좋아, 이제 슬슬 약 조제를 시작해야겠구나. 치요, 방으로 돌아가서 모아둔 약초를 가지고 오너라. 풀은 모두 충분히 말랐 겠지?"

"네!"

치요는 거의 날아서 자기 방으로 향했다. 그런데⋯⋯.

방문을 열었다가 그만 그 자리에 딱 서 버렸다. 방이 엉망으 로 어질러져 있었다. 바구니는 뒤집히고, 안에 있던 물건은 모 조리 팽개쳐져 있었다. 옷과 이불도 바닥에 던져져 있었다.

"아앗⋯⋯."

자기도 모르게 뒷걸음질을 치는데 무언가에 탁 부딪혔다. 돌 아보니 헤이하치로가 이글이글한 눈으로 이쪽을 노려보고 있 었다.

"이게 뭐냐, 치요!"

헤이하치로가 휘두르는 주먹에는 약초 다발이 쥐어 있었다.

치요는 얼굴에서 핏기가 싹 가시는 걸 느꼈다. 감추어둔 약초 가 들통나 버렸다. 너무 두려운 나머지 정신을 놓을 것 같았지 만 그 가운데서도 죽기 살기로 머리를 굴렸다.

괜찮아. 저게 무얼 하려는 건지 헤이하치로는 모를 테니까. 그래 봐야 어디에서나 흔히 있는 풀들이니까. 여우괴질은 냄새가 독해서 별채 측간에 감춰 두었고. 그러니까 아마 괜찮을 거야.

"그것은 푸, 풀입니다. 도련님."

치요는 가능한 애처로운 목소리로 말했다.

"그건 나도 보면 안다! 뭘 하려는 풀이냐! 정직하게 대답해라!"

"야, 약으로 쓸 풀입니다, 도련님."

"그러니까 무슨 약이냐고 묻고 있다!"

"얼마 전에 어, 어깨를 다쳐서 약초를 따서 붙이느라……."

"다쳤다고? 거짓말하지 마라!"

헤이하치로는 약초를 던져버리고 치요에게 달려들었다. 비명을 지르는 치요를 잡고 마구잡이로 흔들어댔다. 그러는 바람에 치요의 옷이 어깨에서 조금 흘러내렸다.

"읍!"

헤이하치로가 동작을 멈추었다.

드러난 치요의 어깨에 기다랗게 난 상처가 보였기 때문이다. 깊지는 않지만 붉은 상처 자국이 아파 보였고, 녹색 즙이 발라져 있었다.

헤이하치로는 한참 동안 상처를 보고 있다가 마침내 훌쩍이며 우는 치요에게 물었다.

"뭐에 상처가 생겼느냐?"

"며, 면도, 칼이요. 목욕을 하다가 길게 자란 머리가 거추장스러워서 자르려는데 바, 밖에서 무슨 큰 소리가 나서…… 놀라서 손이 미끄러지는 바람에……."

"……왜 약을 달라고 하지 않았느냐?"

"이, 이렇게 잘해주시는데 약까지 달라고 할 수는 없었습니다……."

훌쩍훌쩍 울먹이는 소리로 대답하는 치요를 보고 굳어 있던 헤이하치로의 얼굴이 천천히 풀어졌다.

'이런. 그랬던 거구나…….'

이 풀 다발을 발견했을 때는 놀랐다. 무얼 하려는 건지 모르지만 풀은 틀림없이 숨겨져 있었으니까.

치요가 자기에게 무언가 숨기고 있다. 그 사실을 지금까지 알아차리지 못했다.

배신당했다는 생각에 초조했다.

'내가…… 무언가 놓치고 있었나?'

그 순간 떠오른 것은 아버지의 얼굴이었다. 너한테 맡겨둔 게 실수였다. 역시 믿을 만한 건 큰아들이라면서 헤이하치로를 차갑게 바라보는 눈.

아버지에게 인정받고 싶은 헤이하치로에게 그것은 무엇보다 무서운 일이라서 자기도 모르게 그만 이성을 잃고 치요에게 달려들어 버렸다.

그러나 생각해 보면 치요가 무슨 일을 저지를 리가 없다. 그렇다. 가능하지도 않다. 언제든 고분고분하게 시키는 대로 따르고, 열심히 일해주는 아이 아닌가. 그런데 그런 식으로 호통을 쳐 버리다니.

헤이하치로는 부끄러워졌다.

무작정 겁을 주려던 건 아니었다. 나는 그저 나의 일을 하려고 한 것뿐이다.

마음속으로 중얼거리면서 헤이하치로는 치요를 놔주었다.

"다음부터는 뭐든지 말해라. 괴롭힐 생각은 아니었다. ……미안하다."

그렇게 뱉어버리고 헤이하치로는 밖으로 나갔다.

살았다 싶어서 치요는 바닥으로 털썩 무너졌다. 떨림이 가라앉지 않았다. 붙들려 있던 두 팔도 아프다. 심장이 벌렁거려서 숨도 제대로 쉴 수 없었다.

간신히 숨을 고르면서 헤이하치로가 던져 버렸던 약초 다발을 주워들었다.

'헤이하치로 님이 이걸 갖고 가시지 않아서 정말 다행이야. 그

리고 아아…… 아구리코 님이 말한 대로였어.'

치요는 약초를 손으로 단단히 쥐면서 이틀 전 일을 떠올렸다.

이틀 전 아구리코는 이렇게 말했다.

"치요. 혹시 아고 집안의 누군가가 약초를 발견할지도 모른다. 그러할 때를 대비해서 슬슬 변명거리를 만들어 두는 게 좋겠다고 생각한다."

"변명거리를 만들어요?"

아구리코의 말에 치요는 멀뚱해졌다.

"변명거리라면 대충 둘러대면 되지 않을까요? 만약 약초가 발각되어도 다쳐서 직접 약을 만들려고 했다고 대답하면 될 거예요."

"아니, 그런 말로는 절대로 넘어가지 않을 것이다."

아구리코는 머리를 저었다.

"아고 녀석들은 나를 놓치지 않으려고 온갖 일에 신경을 곤두 세우고 있다. 마치 거미처럼 여기저기에 그물을 쳐놓고 있어. 변명은 제대로 해야 한다. 그렇지 않으면 아고의 눈을 속일 수 없어. 약을 만들었다는 구실을 대자면 아무래도 상처가 좋겠다. 그러니까 그……."

아구리코는 말을 꺼내기 어려운 듯 우물거렸다. 치요는 끄덕였다.

"제가 진짜 상처가 있는 게 좋겠네요?"

"……미안하다. 정말 미안해."

"아니에요. 그런데…… 어떤 상처가 좋을까요?"

멍을 들이는 게 좋을지 아니면 칼로 상처를 내는 게 좋을지, 생각에 잠긴 치요에게 아구리코가 말했다.

"그것은 내가 해주마. 옷을 조금 벗어 보려무나."

치요가 시키는 대로 하자 아구리코는 조용히 치요 어깨에 얼굴을 갖다 댔다. 따뜻한 숨이 살갗에 닿자 치요는 자기도 모르게 몸이 움츠러들었다.

"걱정하지 마라. 심하게 상처를 입히지는 않을 테니."

다정한 목소리가 치요를 위로했다. 그렇게 작은 이빨이 꾸욱 살에 박히는가 싶더니 스윽 뜨거운 통증이 몰려왔다. 아구리코가 옆으로 이를 쭈욱 밀었던 것이다.

치요의 어깨에 얕고 긴 상처가 생겼다. 식나무 이파리로 지혈을 하면서 아구리코는 괴로운 얼굴로 말했다.

"미안하다. 아픈가?"

"괜찮습니다. 이 정도는 아무렇지도 않아요."

그렇게 말했지만, 상처는 따끔따끔 아팠다. 이렇게까지는 필요 없지 않을까 생각하기도 했는데…….

아구리코의 예감은 딱 들어맞았다.

'헤이하치로 님이 약초를 발견한 것은 우연이 아니야. 어쩌면 헤이하치로 님은 지금까지도 가끔 이 방안을 뒤지고 수상한 것이 있나 살피고 있었어.'

역시 아고는 무섭다. 절대로 방심하면 안 되겠다고 치요는 다짐했다.

그날부터 아구리코와 치요는 약 조제에 들어갔다.

이파리를 술에 담그기도 하고, 나무 열매를 불에 그을러서 씨 알맹이를 꺼내기도 했다. 나무껍질을 달여서 즙을 내는 데는 며칠이나 걸렸다. 나머지 약초는 대부분 절구에서 정성스럽게 빻아 갈았다. 잘 마른 풀과 꽃은 고운 가루로 만들어, 종류별로 그릇에 나눠 담았다.

그런 밑 준비를 마치자 마침내 섞어서 조합을 시작했다.

먼저 여우괴질을 빻았다. 그것은 치요가 했다. 아구리코에게는 여우괴질 즙은 닿기만 해도 위험했으니까.

꽃잎 같은 뿌리를 뭉개자 끈적끈적한 즙이 나왔다. 우엉같이 짙은 보라색 즙이다.

"이 정도면 됐을까요?"

"그래 딱 좋다. 그럼 이제부터 내가 말하는 대로 약초를 섞어라."

아구리코는 어느 약초를 얼마만큼 넣으면 좋을지 자세히 지시를 내렸다. 아구리코도 손을 쉬지 않았다. 치요에게 지시를 하면서 해독제를 만들기 시작했다.

묵묵히 두 사람은 약 만들기에 힘써 마침내 진흙 같은 혼합물이 만들어졌다. 치요와 아구리코는 각각 혼합물을 도토리만한 크기로 빚어서 닷새 동안 공기에 말렸다.

약은 말라서 쪼그라들어 조그만 환약이 되었다.

독약 환약은 보라색이 도는 회색이고, 해독제는 새까맸다. 둘다 크기는 치요의 새끼손가락 끝마디 크기밖에 안 되었다.

약 두 알은 놀이 공 안에 숨겨서 아구리코 곁에 두기로 했다. 여기가 가장 안전한 장소였다. 아구리코가 있는 금줄 안에는 아고 집안사람들은 절대로 들어오지 않기 때문이다.

이제 독약과 해독제 두 가지가 모두 갖추어졌다. 그러나 아구리코는 당장 쓰려고 생각하지는 않았다. 주의 깊고 교활한 아고에게 선수를 치기 위해서라도 이때다 싶을 기회가 올 때까지 기다리자고 치요에게 전했다.

치요는 물었다.

"이 남은 약초는 어떡할까요?"

약초는 대부분 아직 많이 남아 있었다. 치요는 모든 약초를 넉넉하게 따왔었다.

"글쎄다. 이것으로 쓸모 있는 약을 몇 가지 만들어 두자꾸나. 앞으로 무슨 일이 있을지 모르니까."

"그래요."

"그렇지만 그건 내일 하자. 오늘은 이제 좀 쉬고 싶다."

그렇게 말하고 아구리코는 술병의 술을 직접 잔에 따랐다. 그 붉은 금색 눈에는 지금까지 없던 평온함이 있었다.

"아구리 숲. 아아 드디어 그 숲으로 돌아간다. 치요. 아구리 숲은 말이다, 구름같이 두둑한 안개에 싸여 있단다. 나무령들이 토해내는 숨이 안개가 되어서 떠다니기 때문이지. 그리고 숲속에는 아아 그곳에서는 시간이 천천히 흘러……."

마치 눈앞에 또렷하게 떠오르는 듯 아구리코는 고향 이야기를 했다.

비단보다 부드러운 이끼, 더없이 단 샘물, 대지에서는 흙과 풀 정령들이 노래하고 나무 사이에서는 북소리가 울려 퍼진다. 그 장단에 맞춰 가볍게 춤추는 영혼 나비들.

아구리코의 이야기는 점점 열기를 띠어갔다.

"나는 벚나무 거목을 좋아했어. 봄이 되면 그 나무 아래 누워서 꽃을 올려다보았어. 아름다운 자작나무도 있단다. 그곳은 바람이 지나가는 길이라서, 여름이 되면 많은 짐승이 더위를 식

히러 오곤 했어. 그리고 보름달이 뜨는 밤에는 숲속 나무들이 모여들어. 모두 반딧불을 켜고 있어서 숲 전체가 반짝거리는 것처럼 보이지. 아아 치요! 그렇게 아름다운 곳은 어디에도 없어. 내 마음은 언제나 그 아름다운 고향에 있단다!"

격해지는 감정을 누르면서 아구리코는 술잔을 기울였다.

고향을 그리워하는 아구리코가 치요는 조금 부러웠다. 치요에게는 고향이라 할 만한 곳이 없었기 때문이다.

'여기는 물론 내 집이 아니야. 전에 살았던 집은…… 거기도 이제는 돌아가고 싶지 않아. 그곳도 이미 내 집이 아니야. 그럼 내가 돌아갈 곳은 어디지? 대체 어디 있을까?'

치요는 멍하게 생각했다.

"치요, 치요."

아구리코의 목소리가 치요를 깊은 생각에서 불러냈다.

"아아, 네? 무슨 일이세요?"

"술이 떨어졌구나. 미안하지만 조금 받아가지고 오렴. 오늘은 아주 기분이 좋아. 조금 더 마시고 싶구나."

"알겠습니다."

치요는 빈 술병을 들고 서쪽 곳간으로 향했다.

서쪽 곳간도 역시 아주 컸다. 마치 퉁퉁하게 살찐 물고기가 땅위로 올라와 으스대는 것 같다.

곳간을 지키는 사부로타가 치요를 알아보고 웃어 주었다. 사부로타는 뼈대가 크고 건장한데 얼굴은 바위처럼 거칠지만, 마음은 고운 남자다.

"어이, 무슨 일이야, 치요? 볼일이라도 있어?"

"네. 공주님이 술을 더 받아오라고 하셔서요. 여기에 조금 담아 주시겠습니까?"

"좋고말고. 잠깐 기다려라."

사부로타는 자물쇠를 열고 곳간 문을 열었다. 치요가 들여다보니 안에는 여러 가지 물건이 높이 쌓여 있었다.

"우와, 물건이 많네요?"

"당연하지. 아무튼, 이 저택의 재산은 전부 이 안에 들어 있으니까. 어때, 잠깐 들어와 볼래?"

"네!"

치요는 사부로타와 함께 곳간으로 들어갔다. 곳간 안은 어슴푸레 밝았고 온갖 냄새가 났다. 여기저기에 나무통과 쌀가마니와 바구니가 산더미 같이 쌓여 있었다. 그리고 제일 안쪽에 커다란 술통이 여러 개 있었다.

사부로타가 그중 하나에 다가갔다. 술을 따르기 쉽게 만들어 놓은 주둥이같이 생긴 귀때에 술병을 갖다 대고 익숙한 솜씨로 마개를 뽑았다. 꼴꼴꼴 술병에 맑은 술이 흘러 들어갔다. 동시에 들큰한 냄새가 화악 퍼져나갔다.

그러는 동안에도 곳간을 둘러보고 있던 치요는 자기가 있던 맨 위쪽 부근에 커다란 신단이 있는 것을 발견했다. 신단 위에는 붉은 칠을 한 통이 세 개 놓여 있었다.

"사부로타 님. 저건 뭐예요?"

"응? 아아, 저건 요이치로 님의 아기가 태어나면 사람들에게 대접할 축하주야. 이번에 무사히 아홉 달째에 들었으니까. 이제 마음이 놓이신다고 어르신께서 잔치 준비를 시작하고 계시거든."

쿵쿵 치요의 가슴이 뛰었다.

이 저택에 있는 모든 사람이 마시게 될 축하주. 저 술에 잠자는 약을 넣어두면 어떻게 될까? 그러면 치요와 아구리코가 저택을 달아나기가 수월해진다. 무엇보다 멀리까지 달아날 수 있을 것이다.

술통을 보는 사이에 머릿속에 계획이 착착 세워졌다.

이거야! 그때가 마침 좋은 기회야!

술을 받은 다음 치요는 아구리코에게 뛰어 돌아갔다.

치요의 계획을 듣고 아구리코도 눈이 반짝거렸다.

"훌륭하다! 그 방법으로 하자!"

그리고 매일 치요는 술을 받으러 곳간에 갔다. 갈 때마다 사부로타와 이야기를 주고받고, 마음에 들도록 애교 있게 행동했다. 사람 좋은 사부로타는 치요를 귀여워해 주며 철석같이 믿게 되었다.

그리고 그 기회가 찾아왔다.

축하주

그날 치요가 곳간으로 가 보니 짐을 산더미처럼 실은 짐차 넉 대가 곳간 앞에 세워져 있었다. 짐 앞에서는 사부로타가 무언가 장부에 적어 넣고 있었다.

"안녕하세요, 사부로타 님."

"어, 치요 왔구나. 또 공주님 심부름이니?"

"네. 술을 더 받아오라고요."

"이런, 바쁠 때 왔구나. 안 됐지만 좀 기다려도 되겠니?"

"그럼요……. 지금 뭐 하시는 거예요?"

"도착한 짐을 확인하는 거야. 물건이 제대로 다 왔는지 확인한 다음에 곳간에 넣어야 하니까. 아아 어디까지 했더라. 된장이 그러니까……."

사부로타는 땀을 흘리며 짐을 헤아리기 시작했다. 이런 일은 별로 익숙하지 않은 모양이다.

사부로타가 쩔쩔매며 고생하는 것을 보고 치요의 눈이 빛났다.

잠자는 약을 술에 넣을 거라면 지금밖에 없다!

태연하게 치요가 말을 꺼냈다.

"저, 바쁘시면 제가 직접 술을 받아가도 돼요?"

"할 수 있겠니?"

"네. 어떻게 따르는지는 전에도 많이 봤잖아요. 공주님은 기다리게 하는 거 좋아하지 않으셔서 서둘러 가야 하거든요."

사부로타는 잠깐 생각하더니 고개를 끄덕였다.

"그래라. 네가 술을 훔쳐 마시지는 않을 테고. 좋아. 들어가."

"네. 고맙습니다!"

마구 뛰는 가슴을 누르면서 치요는 곳간 안으로 들어갔다.

축하주가 놓여 있던 선반 앞에 오자 치요는 뒤를 돌아보았다. 산더미 같이 쌓인 쌀가마니가 벽이 돼주어서 밖에 있는 사부로타한테 들킬 염려는 없었다.

치요는 코앞에 있는 커다란 술통을 타고 올라가 선반에서 축하주가 담긴 통을 내렸다. 하나. 둘. 셋. 하나 내릴 때마다 통 안의 술이 출렁 소리를 내서 치요는 가슴이 철렁했다. 사부로타가 이 소리를 듣고 보러 오면 끝장이다.

고맙게도 사부로타는 보러 오지는 않았다.

아아 서둘러야 한다.

치요는 품에서 종이 꾸러미를 세 개 꺼냈다. 언제 쓰게 될지 몰라서 늘 품에 넣고 다녔다. 안에 든 것은 애기똥풀과 깃털 양 귀비 뿌리 같은 잠을 부르는 약풀을 섞어서 만든 수면제다.

재빠르게 술통의 뚜껑을 벗겨내고 각각 통에 한 꾸러미씩 약을 넣었다. 스르륵 초록색 가루약은 술 안으로 녹아들었다.

약이 녹는 것을 끝까지 확인하고 치요는 술통 뚜껑을 닫고 원래 자리로 돌려놓으려고 했다. 술이 든 통은 무거워서 선반에 다시 올려놓기가 쉽지 않았다.

빨리빨리!

마음만 급했다.

간신히 마지막 하나를 선반에 올려놓았다.

치요는 안도의 숨을 쉬면서 올라타고 있던 통에서 뛰어내리려고 했다. 그때다. 소매가 축하주 통 뚜껑의 뾰죽한 손잡이 부분에 걸렸다.

소매에 걸린 채로 술통은 천천히 선반에서 미끄러졌다.

"안 돼에에엣!"

치요는 죽기 살기로 떨어지는 술통과 땅바닥 사이로 자기 몸을 밀어 넣었다.

술통은 치요의 배 위로 떨어졌다.

'퍼억!' 배 위에 강렬한 충격이 몰려와 숨이 턱 막혔다. 순간 눈앞이 캄캄해졌다.

그러나 그것만으로 끝나지 않았다.

'히익히익' 하고 억지로 숨을 쉬려고 하던 치요는 자기 옷이 축축하게 젖고 있는 것을 느꼈다. 얼른 배 위의 술통을 보니 마개가 벗겨져서 안의 술이 흘러나오고 있는 게 아닌가.

허둥지둥 마개를 막았지만 이미 한발 늦었다. 치요는 가슴에서 배까지 술에 푹 젖어 버렸다.

바보, 멍청이!

술 냄새가 풀풀 풍기는 치요는 자기 자신을 나무랐다. 어쩌자고 긴장을 늦추었는가? 어쩌자고 손잡이를 잘 봐두지 않았을까?

아무리 후회해도 너무 늦었다. 그러나 언제까지 이러고 있을 수도 없다. 우물거리고 있으면 그것만으로도 수상히 여길 것이다.

'이렇게 된 바에는 모 아니면 도야!'

술통을 있던 자리에 놓고 바닥에 쏟은 술을 소매로 닦은 다음, 치요는 곳간 밖으로 나왔다.

창백해져서 나오는 치요를 보자마자 사부로타가 눈을 휘둥그레 떴다.

"이봐, 이봐. 얼굴이 왜 그래? 대체 무슨 일이야?"

"자, 자 잘못했어요."

"아니 무슨 일을 저질렀는데?"

치요는 젖은 소매를 손가락으로 가리켰다.

"어떻게 된 거야, 그건?"

"술을 다 담고서 술통에 마개를 막으려고 했어요. 하지만 자, 잘 안 돼서. 손이 미끄러졌고 마개가 날아가 버렸어요."

"술을 쏟은 거야?"

"네…… . 하, 하지만 아주 조금밖에 안 쏟았어요. 정말이에요!"

큰일 났다 싶어서 사부로타는 얼굴을 찡그렸다.

"역시 일을 내버렸네!"

"죄송해요, 죄송해요."

"……뭐 쏟아 버린 거야 어쩔 수 없지. 됐어. 내가 소홀했던 게 잘못이야. 여기서 있었던 일은 우리만의 비밀로 해 두자. 나는 네가 술을 쏟았다는 말을 하지 않을게. 그 대신 너도 내가 방심한 것을 아무한테도 말하지 않기다. 됐지?"

"네, 네."

"좋다. 그럼 가라. 공주님이 기다리잖니?"

치요는 허둥지둥 곳간에서 나왔다. 심장이 입 밖으로 튀어나올 것 같이 뛰고 무서웠지만, 드디어 해냈다는 기쁨도 있었다. 어쨌든 준비는 끝났다. 이제는 때를 기다리는 일만 남았다.

술에 젖은 옷을 갈아입으려고 자기 방으로 향했다. 통통 튀는 잰걸음으로.

그 모습을 멀찍이서 아고 유사이가 보고 있었다.

마침 볼일이 있어서 곳간으로 향하고 있던 아고 유사이는 뛰어가는 치요를 보고 발을 멈추었다.

무언가 맘에 걸렸다. 뭐지 저 발걸음은?

유사이는 신경이 쓰여서 사부로타를 불렀다. 달려온 사부로타에게 유사이가 물었다.

"지금 뛰어나간 것이 치요이냐?"

"네. 당주 어르신. 치요입니다."

"왜 저 아이가 여기에 와 있지?"

"요즘에는 드문 일도 아닙니다. 요사이 매일 같이 술을 더 달라고 찾아옵니다. 별채의 공주님이 술을 많이 드신다면서."

"흐음, 공주가 말인가? 그런 보고는 들은 적이 없는데……."

다시 생각에 잠기는 유사이에게 사부로타는 머뭇거리며 물었다.

"당주 어르신, 다른 볼일이라도 있으십니까?"

"응? 아아 그래. 요이치로를 위해서 부탁한 약이 드디어 도착했다고 들었다. 짐에서 꺼내 주어라."

"바로 가지고 가겠습니다."

그러나 사부로타에게 약을 가지러 보낸 다음에도 유사이는 뛰어가던 치요에 대해 생각하고 있었다. 좀처럼 머리에서 떠나지 않았다.

갇힌 몸

저택에서 볕이 가장 잘 드는 방에서 아고 유사이의 장남, 요이치로는 요양을 하고 있었다.

이불 속에서 책을 읽고 있던 요이치로는 방으로 찾아온 아버지를 보고 미소를 지었다.

서른세 살이 된 요이치로는 아버지하고도, 동생하고도 전혀 닮지 않았다. 하얀 얼굴은 여자처럼 곱상하고 몸은 대나무처럼 여리여리하고 몸짓은 고상하다.

그러나 눈만은 매섭고 날카로웠다.

유사이는 가문 사람 중에서 빼어나게 머리가 좋은 이 장남을 마음속으로 의지했다. '요이치로만 있으면 다른 아이들은 필요 없다.'고 속으로 생각했을 정도다.

그래서 더욱 요이치로가 원인 모를 병으로 쓰러졌을 때 유사이는 밤잠도 이루지 못하고 걱정했다. 돈을 아끼지 않고 비싼 약을 사들이고 의원을 불러 모으고, 승려들과 무당들한테도 의지했다.

그러나 요이치로의 상태는 나빠지기만 했다. 한때는 의원에게 "내일도 기약할 수 없다."는 말까지 들었다.

그랬는데 지금은 어떤가. 아직 야위기는 했지만 피부에는 생기가 돌아오고, 빠져버린 머리카락도 다시 자라기 시작했다. 요즘에는 밥도 혼자서 먹을 수 있을 정도로 회복했다.

"아버님, 일부러 보러 와 주셨습니까?"

"효과가 좋다고 소문이 난 강장제가 도착했단다. 이제 곧 달여주마."

"번거롭게 해 드려서 죄송합니다."

"그런 건 마음 쓰지 말아라. 어쨌든 빨리 좋아지기만 해. 네가 없으면 불안해서 참을 수가 없다."

"무슨 그런 말씀을…… 헤이하치로가 있지 않습니까?"

"헤이하치로. 녀석은 몸은 건장하지만, 나머진 형편없어. 성질이 급하고 그러면서 또 정에는 약해. 너 하고는 됨됨이가 달라."

"그런 말씀 하신 걸 알면 또 성을 낼 텐데요. 헤이하치로는 아직 어려서 그래요. 이제 곧 어엿한 아고 집안의 사내다워질 겁니다."

열다섯 살 어린 동생을 요이치로는 감싸 주었다.

"홍, 정말 그러면 좋겠구나."

"그렇게 될 거예요. 앞으로 아고 집안에는 좋은 일만 생길 겁니다. 전 느껴요. 제 몸도 하루가 다르게 좋아지고 있어요. 와카사는 무사히 아이를 낳을 것 같고, 가을에는 헤이하치로도 신부를 얻어요. 이제 곧 이 저택도 활기에 넘칠 겁니다."

"암, 그래야지."

고개를 끄덕인 다음 유사이는 문득 방을 둘러보았다.

"그런데 네 처는? 여전히 여기에 가까이 오지 않느냐?"

"와카사 말입니까? 예, 안쪽 방에서 거의 나오지 않아요. 제병이 옮으면 큰일이라고 생각하는 거겠지요. 한참 동안 얼굴도 못 봐서 다음에 만날 때는 누군지 알아보지 못할지도 모르겠습니다."

요이치로는 농담처럼 말했지만, 유사이의 얼굴은 단숨에 험악해졌다.

"그것도 곤란하구나. 자손이 많은 집 여자라고 해서 며느리로 삼았는데, 남편 병간호도 하지 않고 안에만 틀어박혀 있는 것도 도리는 아니지."

"어지간한 일은 눈감아 주시는 게 어떠십니까? 무사히 대를 이어주기만 한다면 저는 아무 불만도 없습니다. 이번에는 아기가 무사히 태어날 것 같다고 의원님도 말했으니까요."

요이치로는 빙긋 웃었다.

"이 모든 일이 치요라는 아이가 보호신을 잘 달래주고 있는 덕분입니다. 역시 아이한테 수발을 맡기도록 한 제 생각이 옳았어요. 옛날부터 아이, 특히 여자아이는 정령이나 신이 놀이 상대로 반겼다니까요. 아, 맞다! 아버님, 다음번에 치요를 여기로 한 번 데려와 주시면 어떻겠습니까? 제가 무언가 상을 주고 싶습니다."

"으음……."

치요 이름을 듣자마자 유사이의 얼굴이 흐려졌다. 그것을 요이치로는 놓치지 않았다.

"무슨 일 있으세요?"

"음, 조금 마음에 걸리는 일이 있어서. 아니 대단한 일은 아니다."

유사이의 말 한마디에 요이치로의 인상이 확 바뀌었다. 심각한 표정으로 유사이에게 말했다.

"말씀해 주십시오, 아버님."

"흐음……. 치요라는 아이가 말이다. 아무래도 몰래 뭘 꾸미고 다니는 것 같아."

유사이는 자기가 들은 것을 아늘에게 이야기했다.

"뭐 딱히 의심스러운 건 아니지만…… 나는 왠지 그 아이를 믿을 수가 없어. 나랑 헤이하치로를 보는 눈빛도 마음에 안 들고. 보호신 님이 꼬드겨서 수하로 삼은 건 아닌가 계속 마음에 걸려."

"……헤이하치로는 뭔가 알아차렸을지 몰라요. 불러 주세요."

"알았다."

유사이는 당장 헤이하치로를 불렀다.

불려온 헤이하치로는 언짢은 표정을 숨기지 않았다.

"무슨 일이에요? 형님. 나는 바쁘거든요. 이제부터 사냥하러……."

"입 다물어, 헤이하치로. 이건 아고 집안에 관한 중대한 일이다."

입을 내미는 헤이하치로에게 유사이와 요이치로는 번갈아 가며 물었다. 치요의 일로 무언가 특이한 점은 없었느냐고. 아무리 사소한 일이라도 상관없다, 무언가 마음에 걸리는 일은 없느냐고.

문뜩 헤이하치로가 얼굴을 들었다.

"왜 그러느냐, 헤이하치로?"

"아니, 그냥…… 반 달쯤 전에 치요 방을 뒤졌을 때 말린 풀 다발이 숨겨져 있는 걸 찾아낸 적이 있었는데……."

"풀이라고?"

"네. 상처약을 만들려고 모은 약초라고 했어요. 혹시 몰라서 확인했는데 틀림없이 다친 상처가 있었어요. 아무 문제 없는 것 같아서 아버님께 말씀드리지 않았는데……."

헤이하치로의 목소리가 점점 가늘어지고 자신이 없어졌다. 이야기하는 사이, 불안해진 모양이다.

유사이와 요이치로는 얼굴을 마주 보았다.

"아버님……."

"역시 수상해. ……어쩌면 정말로 무언가 꾸미고 있을지도 몰라. 요즘 계속 술을 더 받아 간다고 하는 것도 마음에 걸려. 이렇게 됐으니…… 그 아이한테 무슨 수를 써야겠어."

아버지의 말을 듣고 헤이하치로는 놀라서 얼굴이 창백해졌다.

"주, 죽이실 생각이세요? 치요를요?"

"아니 그럴 생각은 없다."

그 자리에서 유사이가 말했다.

"그 아이가 보호신 님을 시중든 뒤로 우리 집안에 사악한 기운이 약해졌다. 게다가…… 보호신 님은 그 아이를 마음에 들어 해. 치요를 죽이면 그야말로 노발대발해서 여태껏 보다 더 독한 살기를 뿌리게 될지 모른다."

게다가 하고 유사이는 덧붙였다.

"무슨 일이 있어도 치요는 죽일 수 없어. 그 아이는 보호신 님을 따르게 할 수 있는 유일한 사람이야. 그렇게 쉽게 잃을 수는 없지."

"그럼 어떻게 합니까?"

"으음……."

유사이도 입을 다물어 버렸다. 더 이상은 생각이 떠오르지 않았다.

침묵을 깬 것은 요이치로였다.

"그리 걱정할 일은 아닙니다."

"무언가 좋은 수가 생각났느냐, 요이치로?"

"예에. 부리는 개에게 우리의 노림수를 물게 하려면 보물과 같이 우리에 가두면 됩니다. 치요를 별채에 가두세요. 보호신 님과 같이요."

눈을 크게 뜨는 유사이와 헤이하치로에게 요이치로는 담담하게 이야기를 이어갔다.

"치요가 제 마음대로 돌아다니기 때문에 안 되는 겁니다. 치요의 움직임을 막으면 보호신 님은 손발을 옴짝달싹할 수 없습니다."

"하지만 그러면 ……보호신 님이 노하실 거다. 전처럼 사악한 기운이 넘쳐흐르면 어찌하느냐?"

"그건 걱정 마십시오. 사악한 기운을 토해내면 같이 갇힌 치요가 제일 먼저 쓰러지게 됩니다. 아버님이 말씀하신 대로 보호신 님은 치요를 마음에 들어 하세요. 치요를 위해서 사악한 기운을 다스릴 겁니다."

"과연……, 그렇구나. 정말 그래. 써볼 만한 수로구나."

유사이와 요이치로는 마주 보고 머리를 끄덕였다.

그러나 헤이하치로는 으르렁거리며 소리쳤다.

"잠깐 기다려 보세요! 그러면 치요를 별채에 가둘 작정이세요? 평생이요? 그건 너무…… 아무리 그래도 너무 심해요!"

"뭐가 심하다는 거냐, 헤이하치로?"

요이치로는 이상하다는 듯 되물었다.

"이것은 아고 가문을 지키기 위한 일이다. 그게 가장 중요한 일 아니냐. 물론 치요에게는 조금 딱한 일일지도 모른다. 하지만 집안을 지킬 수 있다면 그렇게 할 수 밖에 없지 않느냐?"

"형님은 언제나 그래요! 그렇게 말간 얼굴로 심한 짓을 잘도 해요! 대체……."

"그만해라!"

유사이가 헤이하치로에게 버럭 소리를 질렀다.

"이 어리석은 녀석! 또 그렇게 나약하고 한심한 소리를 하다니! 치요가 보호신 님을 돕고 있을지도 모른다고 하지 않았느냐? 우리 집안을 파괴할지도 모르는 아이한테 동정이라도 하겠다는 거냐?"

"하, 하지만 우리는 구십 년이나 보호신 님을 가두었어요. 치, 치요가 보호신 님을 동정하는 것도 당연하지요. 보호신 님한테 그저 놀아나고 있는 건지도 몰라요. 조금 더 보고 있다가……"

"그만해라! 그런 아이를 위해서 언쟁을 할 생각은 없다. 그 아이를 가두어라. 그렇게 결정했다!"

이해할 수 없다고 헤이하치로는 이를 악물었다.

유사이의 눈빛이 어두워졌다.

"분명히 우리는 보호신 님을 가두었다. 부를 위해서. 그 대신 보호신 님 역시 우리한테서 여러 가지를 앗아갔어. ……그중에는 너희들 엄마의 목숨도 있다."

"네엣……?"

"헤이하치로. 너한테는 굳이 일부러 알리지 않았다. 네가 너무 어렸고 마음이 약하기도 했으니까. ……네 어미는 병으로 죽은 게 아니다. 보호신 님의 사악한 살을 맞고 죽은 거야."

헤이하치로 얼굴에서 스르륵 핏기가 빠져나갔다.

요이치로는 한숨을 쉬면서 말했다.

"그때 일은 저도 기억해요. 어머니가 하루가 다르게 약해져서 눈처럼 하얗게 속절없이 무너져 가는 모습……, 어둠에 먹히고 눌려갔어요. 그건 평생 잊을 수 없을 거예요."

"그래. 나도 그 모습을 잊은 날이 하루도 없다. 무서워, 무서워 하면서 신음하는 유리의 목소리를 잊은 날은 없어. ……유리는 죽임을 당한 것이다. 보호신 님이 죽였어!"

유사이는 헤이하치로를 노려보았다.

"자, 이래도 치요 편을 들겠느냐? 보호신 님의 수하가 되어 버린 아이를 싸고돌겠느냐 말이다!"

헤이하치로는 놀라서 고개를 들었다. 파리하게 질려 있던 얼굴이 이번에는 검붉게 변해갔다.

증오심에 눈을 번득이면서 헤이하치로는 벌떡 일어났다.

"지금 당장 치요 녀석을 잡아서 별채에 처넣겠습니다."

"그래. 그러는 게 좋겠다. 먼저 가라. 나도 곧 뒤따라 가마."

"네!"

헤이하치로는 뛰어나갔다.

유사이는 요이치로를 보았다.

"치요를 가둔다. 용케 묘안을 생각해 냈구나, 요이치로. 과연 차기 당주야. 듬직해. 뒤는 우리한테 맡기고 너는 누워 있어라. 모든 일을 처리하고 다시 오마."

"예에. 알겠습니다, 아버님."

요이치로는 빙긋 웃었다.

그때 치요는 술이 묻은 옷을 빨고 있었다. 물에서 옷을 건져 냄새를 맡아보았다.

'이제 냄새가 거의 안 나. 말리기만 하면 문제없을 거야.'

되도록 힘껏 물기를 짜고 옷을 바깥의 빨래대에 널었다. 그리고 자기 방으로 돌아왔더니 거기에 헤이하치로가 있었다.

제자리에 우뚝 서는 치요에게 헤이하치로는 낮게 말했다.

"치요. 별채로 따라와."

"네?"

"빨리해! 서두르라고."

헤이하치로의 손이 뱀처럼 쭉 뻗어와 치요의 팔을 잡았다.

질질 끌려 걸어가면서 치요는 식은땀을 흘렸다. 설마 자기가 한 짓이 들통 나버린 걸까?

'아냐, 괜찮아. 곳간 안은 말끔하게 치웠고. 그리고 중요한 약은 모두 아구리코 님한테 숨겨놨으니까. 헤이하치로가 알아차렸을 리가 없어.'

몇 번이나 스스로에게 말했다.

별채 앞에는 아고 유사이가 서 있었다.

"다, 당주 어르신……."

"치요, 이제부터는 별채에서 먹고 자고 지내라."

"네엣?"

"밤이고 낮이고 잠시도 보호신 님 곁을 떠나지 말고 돌봐드리는 거다. 그밖에 다른 일은 일체 하지 않아도 된다. 걱정할 거 없어. 필요한 것은 나중에 가져다주마. 식사도 가져다줄 거고. 너는 그저 보호신 님만 상대해 드리면 된다. 별채에서 한 걸음도 나오지 마라."

유사이가 하는 말뜻을 깨닫고 치요는 하얗게 질렸다. 그러니까 치요를 별채에 가두겠다는 말이다.

"그, 그런 말이 어딨어요? 싫어요! 별채에서 먹고 자다니요!"

"시끄러운 아이로군. 헤이하치로 집어넣어라!"

"네, 아버님."

헤이하치로의 손가락이 못처럼 어깨를 파고들자 치요는 아파서 소리를 질렀다.

그대로 거칠게 잡아당기더니 격자 창살 안으로 밀어 던졌다. 바닥에 쓰러진 치요 바로 앞에서 격자 창살문이 닫혔다. '철컹' 하고 자물쇠가 걸려 버렸다.

"싫어요, 꺼내줘요!"

치요는 격자문으로 뛰어갔다.

"왜 이러시는 거죠? 제가 뭘 했다고 그래요?"

"왜냐고? 네 가슴에 손을 얹고 생각해 보거라."

치요는 가슴이 철렁 내려앉았다.

'설마 아까 일을 알고 그러는 걸까?'

하지만 여기서 꼬리를 내릴 수는 없다. 치요는 서글프게 소리를 질렀다.

"몰라요. 무슨 일인지 몰라요. 내, 내보내 주세요! 제발요!"

울면서 사정하면 헤이하치로가 틀림없이 동정해 줄 거다. 이 도련님한테는 다정한 면이 있으니까.

하지만 이번에는 달랐다. 헤이하치로는 난폭하게 비웃었다.

"이런 암여우 같으니라고! 아이 주제에 능청은 어른 저리 가라라니까. 하지만 이제는 안 속는다."

"도, 도련님……."

"고마운 줄 알아, 치요. 이렇게 갇히는 걸로 끝났으니까. 원래대로라면 목이 달아났을 거야."

"저, 저는 아무 짓도 안 했어요! 정말이에요!"

"아무리 울고불고해도 소용없어. 너는 두 번 다시 여기서 못 나와. 이제 보호신 님한테 인사라도 드리지 그래. 앞으로 내내 같이 지낼 수 있다는 걸 알면 보호신 님도 기뻐하실 거야. 이제 가요, 아버님."

"그래. 이제 이곳에는 볼일이 없다."

큰 소리로 웃으면서 헤이하치로와 유사이가 나갔다. 바깥 문이 닫히고 그 자리는 깜깜해졌다. 덮쳐오는 어둠 속에서 치요는 잠깐 흐느꼈다. 자기의 울음소리가 슬프게 울려 두꺼운 벽에 부딪혀서 돌아왔다.

그래도 아무도 돌아오지 않았다.

치요는 마침내 눈물을 닦고 결계 안쪽으로 들어갔다.

찾아온 치요를 보자마자 아구리코는 애타게 부르짖었다.

"치요! 그 얼굴은 어찌 된 거야? 울었느냐, 왜?"

"괜찮습니다. 그보다…… 술에 약을 풀어 넣고 왔어요."

"……끝내 해냈구나."

"네."

치요는 눈을 번들거리면서 힘주어 말했다.

"아구리코 님, 우리는 꼭 밖으로 나갈 수 있어요. 그때가 오면."

치요의 말에 아구리코도 고개를 끄덕였다.

탈출

치요의 별채 생활이 시작되었다.

갇힌다는 것이 얼마나 괴로운지 치요는 겨우 며칠 만에 절실하게 깨달았다.

먼저 시간이 무섭도록 지루하게 느껴졌다. 태양과 달을 볼수 없으니 시간 감각이 없어져 버렸다. 바깥 공기와 경치는 일절 접할 수 없었고 묵직한 어둠만이 치요를 감쌌다. 촛불의 빛은 위로가 되었지만, 햇볕에 대한 그리움은 더해지기만 했다.

정말 참기 힘든 시간이었다. 이제 조금만 참으면 된다는 걸알고 있는데도 가끔 울고 싶고, 소리치고 싶었다.

딱 한 번, 정말로 눈물이 난 적이 있었다. 아구리코는 그런치요를 다정하게 위로해 주었다.

"괜찮아, 치요. 아무 걱정 할 것 없어. 그래도 울고 싶을 때는실컷 울어도 돼. 마음이 후련해지니까."

그런 말을 들으니 치요는 오히려 눈물이 쏙 들어가고 평정심을 잃은 자신이 부끄러웠다. 그리고 생각했다. 아구리코는 정말 강하다고. 구십 년이나 이런 곳에 갇혀 있으면서도 정기를 잃지 않았으니까.

하루 두 번 헤이하치로가 식사를 날라다 주었다. 매번 격자 창살문 너머로 치요와 방 안을 물끄러미 둘러보고, 이상한 점은 없는지 확인했다. 치요는 그때마다 "내보내 줘요."라고 부탁해 봤지만 코웃음을 칠 뿐이었다.

'두고 봐. 두고 보라고!'

분노가 다시 힘이 되어 치요는 꾹 참았다.

물론 대비하는 것도 잊지 않았다. 치요는 매일 조금씩 밥을 따로 모아 말려서 누룽지를 만들었다. 잘 상하지 않고, 물에 담그기만 하면 바로 먹을 수 있는 누룽지는 여행에는 가장 좋은 식량이 된다.

신발도 만들기로 했다. 지푸라기가 없으니 옷을 하나 가늘게 잘라서 지푸라기 대신 짜서 신으로 삼았다. 천으로 삼은 신은 짚신보다 훨씬 튼튼했다.

그렇게 해서 여드렛날 밤이 찾아왔다.

그날 밤 가져다준 저녁밥을 보고 치요는 눈이 휘둥그레졌다. 다른 날보다 두 배나 큰 쟁반에는 그릇이 가득 놓여 있고, 눈이 휘둥그레지도록 맛있는 음식이 가득 담겨 있었기 때문이다. 작은 밥통까지 딸려 왔다.

헤이하치로에게 쟁반을 받으면서 치요는 머뭇머뭇 물었다.

"무슨 일 있어요?"

"어어. 저녁에 형수님이 갓난아기를 낳았어."

"태, 태어났어요? 오늘?"

"그렇다. 남자아이가 태어났어. 형님 아이라고는 생각할 수 없는 튼튼한 아기야."

헤이하치로 얼굴은 묘하게 복잡했다. 화가 난 것 같기도 하고 기쁜 것 같기도 했다.

"아버님은 아주 기뻐하셔. 어쨌든 아버님의 첫 손주, 형님의 뒤를 이을 아이가 태어났으니까. 게다가…… 십팔 년 만에 무사히 태어난 아고 집안 아이야. 이건 성대하게 축하할 수밖에 없겠지."

그때 문 너머에서 즐거운 목소리가 들려왔다. 몇 사람이 큰소리로 노래를 부르고 웃는 모양이다. 헤이하치로가 쓴웃음을 지으면서 가르쳐 주었다.

"하인들이야. 녀석들도 축하 술을 받더니 금방 들떠버렸군그래. 자, 오늘은 허락해 주지. 너도 천천히 먹어. 오늘의 술과 음식은 너의 공이기도 하니까."

그렇게 말하고 헤이하치로는 나갔다.

치요는 저녁 쟁반을 결계 안으로 날랐다. 호화로운 음식을 보자마자 아구리코는 놀란 듯이 숨을 들이마셨다.

"……드디어 때가 온 모양이다."

"네."

"그래……. 먼저 배를 채워 두거라. 밥이 남으면 모두 주먹밥으로 만들어 두고."

"네."

치요는 먹기 시작했다. 백합 뿌리로 만든 떡, 도미찜, 팥을 넣은 깨 두부, 사슴고기 된장 구이. 그밖에도 치요가 한 번도 본 적 없는 식재료를 사용한 음식이 산더미다.

그러나 치요는 긴장한 탓인지 거의 맛을 느낄 수 없었다. 사실 식욕이 하나도 없었지만, 앞으로의 일을 생각해서 억지로 입에 밀어 넣었다.

치요는 식사를 마치고 남은 밥으로 주먹밥을 만든 다음, 다시 결계 밖으로 나가서 격자문에 딱 달라붙어 앉았다. 그렇게 앉아 희미하게 들려오는 잔치 소리에 귀를 기울였다. 소란한 소리는 좀처럼 가라앉지 않았다. 남자들의 큰 목소리와 여자들의 웃음소리. 즐거운 박수 소리. 피리와 북소리. 그런 것들이 끝도 없이 이어졌다.

치요는 점점 불안해졌다.

혹시 아고 사람들은 치요가 한 일을 알아차리고 그 술통에 든 술을 다 내다 버렸을지도 모른다. 그러고 보니 그때 쏟았던 술은 잘 말랐을까? 여기에 갇히기 전에 널어 둔 옷. 혹시 거기에 묻은 술 냄새를 맡아버린 건 아닐까?

마음에 걸리는 일이 꼬리를 물고 자꾸 떠올랐다. 더 조심했더라면 좋았을 거라고 인제 와서 새삼스럽게 후회했다. 만약 오늘 밤에 아고 집안과 저택 사람들이 그 술을 마시지 않는다면 모든 일은 허사가 되고 만다.

부디 오롯이 다 마셔주기를 바라며 치요는 조바심을 치면서 기다렸다. 그리고 마침내 서서히 소란스러운 소리가 들려오지 않는다는 것을 깨달았다.

조마조마한 마음으로 한층 더 귀를 기울였다. 기분 탓이 아니었다. 분명 조용했다.

이제 때가 왔다고 생각하며 치요는 결계로 돌아갔다. 아구리코는 단정히 앉아서 치요의 소식을 기다리고 있었다.

"이제 때가 되었는가, 치요?"

"네. 잠자는 약이 드디어 효과가 있는 것 같습니다."

"그래. 때가 왔구나."

아구리코의 눈도 번득거리며 빛났다.

치요가 축하주에 푼 잠자는 약은 곧바로 효과가 나타나지 않는다. 그 대신 한 번 잠들면 좀처럼 눈을 뜨지 않게 된다.

지금 그 술을 마신 자들은 깊은 잠 속으로 빠져들고 있을 것이다.

기쁨으로 얼굴이 벌게진 치요에게 아구리코는 조용히 말했다.

"치요, 그대의 소매를 내밀어 보아라."

"네?"

"빨리!"

재촉을 받고 치요는 입고 있던 옷 소매를 내밀었다. 아구리코는 바늘과 실을 잡더니 재빨리 소매 안에 해독제 환약을 꿰매 넣었다.

"아구리코 님!"

"이렇게 해두면 어지간한 일이 아니고는 잃어버리지 않을 것이다."

"하지만 왜요?"

치요는 영문을 알 수 없었다.

"아구리코 님이 금줄 밖으로 나가면 쓸 것 아닙니까? 금방 쓸 건데 왜 일부러 꿰매 넣습니까?"

아구리코는 웃었다.

"그렇지. 내가 말을 안 했던가? 결계를 넘어가도 곧장 나에게 해독제를 먹이지는 말도록 해라."

"네? 아니 왜 그래야 하죠?"

아구리코의 얼굴이 어두운 미소로 물들었다.

"치요. 이 주변 일대는 아고 가문의 입김으로 더러워졌어. 그리고 나는 아고의 모든 것을 증오하지. 그 증오 또한 부정이 탔어. 이 땅에서 해독제를 먹는다 해도 어쩌면 효과가 없을지도 모른다."

"그, 그런……."

"그래서 좀 더 맑고 깨끗한 공기가 필요하단다. 나무들과 흙과 물의 힘이 틀림없이 내가 되살아나는 데 도움이 되어 줄 거야."

"그, 그렇지만 제가 아구리코 님을 그런 곳까지 옮길 수 있을까요?"

"걱정 마라. 나는 보기보다 훨씬 가볍단다. 몸도 작으니까 그렇게 짐이 되지는 않을 거야. 걱정 안 해도 돼."

장난스럽게 웃어 보이고 아구리코는 독약을 입으로 가져갔다. 치요는 자기도 모르게 그 손으로 달려들었다. 이제 와서 갑자기 무서워진 것이다.

"기, 기다려 주세요, 아구리코 님! 이걸 드시면 어쩌면 정말로 죽을지도 모르잖아요?"

"그래, 그럴 위험이 있지. 여우괴질의 독은 아주 강해. 다시 살지 아니면 정말로 죽을지, 가능성은 반반이야."

그 말에 치요는 더욱더 몸이 떨렸다.

"저, 정말로 먹어도 될까요? 죽어 버리면 아무것도 소용 없잖아요! 더 안전한 방법을 찾아봐요! 그걸 기다리면 어떨까요?"

완전히 핏기가 사라진 치요를 아구리코는 슬며시 쓰다듬었다.

"그대가 나를 걱정해주는 건 기쁘구나. 하지만 나는 이제 기다리는 건 넌덜머리가 나. 이건 어렵게 찾아온 기회란다. 그걸 놓칠 수는 없어."

"그래도!"

"치요."

아구리코는 부드럽게 치요의 말을 막았다.

"나는 구십 년이나 여기에 갇혀 있었다. 갇히는 건 이제 충분해. 설령 일이 잘 안 풀린다고 해도 나는 후회하지 않아. 아아 어찌 후회 따위 하겠어! 적어도 이제 두 번 다시 이 우리로 돌아오지 않아도 되니까 나는 그걸로 됐다."

그러니까 하고 아구리코는 유쾌하게 말을 이었다.

"내가 숨이 돌아오지 않는다 해도 울지 말아라, 치요. 내가 자유로워진 거라고 그렇게 기뻐해 주어라."

그렇게 말하고 약을 입으로 가져가던 아구리코가 다시 손을 내렸다.

"그래. 나중에 말하지 못할 수도 있으니까 지금 말해 두마."

가슴에 스며드는 것 같은 목소리로 고맙다고 아구리코는 말했다.

"그대에게 진정으로 감사하고 있어. 아니 이런 말로는 도저히 표현할 수 없어. 세상에 있는 온갖 말을 다 써도 나의 이 마음을 나타낼 수는 없을 것이다."

"아구리코 님……."

"성공을 기도해 주어라, 치요. ……다시 만나자."

그렇게 말하고 아구리코는 마침내 약을 입에 넣었다.

금방 변화가 일어났다.

"우으으으으윽!"

이상한 비명을 지르면서 아구리코는 배를 잡고 쓰러졌다. 계속해서 입에서 푸른 거품을 토하고 괴로워하면서 마구 몸부림을 쳤다. 치요는 차마 그 모습을 지켜보고 있을 수가 없었다.

치요는 눈을 꾹 감고 팔로 몸을 끌어안고 모든 일이 끝나기만을 기다렸다.

아구리코의 괴로움은 오랫동안 계속 되었다. 무서운 신음 소리와 손톱으로 바닥을 빡빡 긁는 소리가 치요의 귀를 짓눌렀다.

'아아 끝나라. 제발 빨리 끝나라!'

치요는 기도만 계속했다.

어쩌면 정신을 잃었는지도 모른다. 문득 정신을 차렸을 때, 사방은 고요했다.

치요는 두려워하면서 흠칫 얼굴을 들었다.

아구리코가 쓰러져 있었다. 반쯤 벌어진 입 주위와 턱은 푸른 거품으로 더러웠고, 안색은 종잇장처럼 하얗게 변해 있었다. 또 벌어진 눈은 텅 비어 있고 아무 빛도 깃들어 있지 않았다.

얼마나 무섭고, 얼마나 슬픈 모습인지 볼 수가 없었다.

치요는 입을 달달 떨면서 손을 뻗었다. 그런데 손끝이 아구리코에게 닿기 전에 스르륵 그 모습이 흐려지기 시작했다.

"아구리코 님!"

달려드는 치요 눈앞에서 아구리코의 모습은 사라져 갔다.

"아앗!"

끝났다. 아구리코는 진짜로 죽었다.

순간 눈물이 쏟아져 나왔다. 그런데 아구리코가 사라진 자리에 무언가 조그만 털 뭉치 같은 것이 남아 있는 것을 발견했다.

치요는 떨리는 손으로 그것을 집어 들었다.

그것은 다람쥐 보다도 작은 붉은 털 여우였다. 입에서 검푸른 혀가 쑥 빠져나와 있고, 사지는 돌처럼 굳어서 살아 있는 기운이라고는 없었다.

분명히 죽어 있었다.

치요는 눈물이 흘러내릴 것 같았지만 꾹 참고 여우의 목덜미를 보았다. 목에는 가는 쇠고리가 단단히 박혀 있어서 몹시 아파 보였다.

지금이라면 이 고리를 벗겨낼 수 있을 것 같아서 치요는 손가락을 갖다 댔다. 그러나 아구리코가 살아 있을 때와 마찬가지로 고리는 치요 손가락을 스윽 스치고 지나가고, 만져지지 않았다.

치요는 단념하고 여우를 살짝 품에 넣었다. 그리고 직접 만든 천 신발을 신고 준비해 둔 조그만 짐을 어깨에 메고 금줄 앞에 섰다.

지금까지 몇백 번이나 지나다녔던 금줄. 평소처럼 지나가게 해달라고 치요는 기도를 올리면서 한 걸음 내디뎠다.

그 순간, 여태껏 느꼈던 적 없는 힘을 느꼈다. 왠지 몸이 앞으로 나아갈 수가 없었다. 마치 보이지 않는 막 같은 것이 자기 앞을 가로막고 있어서 몸을 밀어내는 것 같은 느낌이었다.

에잇, 이건 뭐야! 하고 치요는 버텼다. 여기서 포기할 수는 없는 노릇이다.

온몸의 힘을 다해서 치요는 앞으로 나아가려고 했다. 달팽이처럼 느렸지만 조금씩 몸이 앞으로 나아갔다.

그러다 갑자기 저항이 훅 사라졌다.

"우아앗!"

치요는 밀던 힘의 기세 때문에 앞으로 고꾸라졌다. 넘어지지 않으려고 발을 재게 움직였다. 두 걸음, 세 걸음, 네 걸음……, 그러다가 꾸웅 하고 무언가에 머리를 부딪히고 말았다.

머리를 잡으면서 치요는 앞을 보았다. 두껍고 단단한 나무 격자 문이 거기 있었다. 돌아보니 금줄이 뒤에 있었다.

그때 금줄이 갑자기 떨어져 내렸다. 군데군데가 뚝뚝 끊어지고, 썩은 감이 나무에서 뚝뚝 떨어지듯이 바닥으로 무너져 내렸다. 머리카락이 타는 것 같은 고약한 노린내가 났지만, 그 냄새도 금방 사라졌다.

금줄이 사라지자 그 안에 갇혀 있던 어둠도 함께 사라졌다. 그 자리에 그냥 아무것도 없는 텅 빈 작은 방이 덩그러니 있을 뿐이다.

치요는 어안이 벙벙했지만, 마침내 정신을 가다듬었다. 얼른 가슴을 어루만져 보았다. 그 작은 여우는 틀림없이 품에 들어 있었다. 그런데 여우 목에는 꺼림칙한 목걸이가 사라지고 없었다.

꿈도 환상도 아니다. 아구리코는 결계를 벗어난 것이다. 아구리코를 묶어둔 모든 주술은 사라져 버렸다.

"됐어요, 해냈어요, 아구리코 님!"

자기도 모르게 조그만 소리로 말했지만, 여우는 꿈쩍도 하지 않았다.

치요는 눈물을 쓰윽 닦고, 다시 여우를 품에 넣었다. 사실은 당장이라도 해독제를 먹이고 싶었다. 하지만 맑은 산이나 숲속에서 해독제를 먹고 싶다고 했던 아구리코의 말을 따르기로 했다.

먼저 밖으로 나가야 한다.

치요는 어깨에 멨던 보자기 안에서 작은 끌을 꺼냈다. 이날을 위해서 아주 오래 전에 헛간에서 훔쳐 별채에 숨겨 두었던 것이다.

치요는 측간 문을 열고, 끌 끝을 측간 바닥 나무판 틈에 끼워 넣었다. 소리가 나지 않도록 조심하면서 나무판을 뜯어내려고 했다.

두꺼운 나무판은 딱딱하고 무거웠지만 간신히 한 장 뜯어낼 수 있었다. 악취가 후욱 콧속으로 들어왔다. 냄새를 참으면서 다시 한 장 나무판을 뜯어냈다. 그 정도만 해도 치요가 빠져나가기에는 충분한 틈이 생겼다.

치요는 불을 아래로 비추어 보았다. 생각한 대로 아주 깊지는 않았다. 게다가 이틀 전에 퍼냈기 때문에 오물의 양도 적었다.

그리고 더 깊은 안쪽에서 희미하게 빛이 보였다. 오물을 퍼내는 바깥쪽 구멍으로 달빛이 새어 들어오는 것이었다. 격자가 달려 있는 변소 치는 구멍은 크지는 않지만, 치요 정도면 어려움 없이 빠져나갈 수 있을 것 같았다.

치요는 짐을 단단히 등에 매달고, 옷 소매를 걷어 올린 다음 크게 숨을 들이마시고 변소 안으로 내려갔다. 미지근한 악취가 치요를 에워쌌다. 숨을 쉬지 않아도 눈이 뜨끔거렸다.

자기가 밟고 있는 오물에 대해서 생각하지 않으려고 애쓰면서 치요는 되도록 잽싸게 변소 구멍 쪽으로 가서 격자 사이로 끌을 집어넣었다. 그리고 있는 대로 힘을 주었지만 발밑이 미끌미끌해서 좀처럼 힘이 들어가지 않았다.

숨이 차서 일단 공기를 들이마셨다. 그 순간 코로 들어온 악취 때문에 온몸에서 힘이 빠져나가는 것 같았다.

그때 변소 구멍 쪽에서 희미하게 바람이 불어 들어왔다. 그 바람에 의지해서 치요는 마침내 격자를 떼어냈다.

먼저 아구리코와 짐을 밖으로 내보내고 치요도 기어 나왔다. 도중에 어깨 부분이 걸렸지만 억지로 밀어 넣고 간신히 빠져 나올 수 있었다.

그렇게 밖으로 나온 치요는 오랜만에 바깥 공기를 들이마시고, '아아' 하고 숨을 돌렸다. 맑은 공기는 맛있었다. 게다가 이 해방감은 또 어떻고. 위를 올려다보니 밤하늘에는 헤아릴 수 없을 만큼 많은 별이 빛나고 있어 그 아름다움이 가슴에 절절하게 사무쳤다.

치요는 곧 정신을 차렸다. 이렇게 머뭇거리고 있을 틈이 없다. 저택 쪽을 살펴보니 놀라울 만큼 조용했다. 저택 사람들은 모두 죽은 듯이 잠에 빠져들었을 것이다.

치요는 뒤쪽 문으로 달려갔다. 아고 저택은 산 중턱에 있었기 때문에 뒷문을 빠져나가면 금방 산속으로 들어갈 수 있다. 다행히 오늘 밤은 문지기도 없었다.

이렇게 치요는 산속으로 뛰어들어갔다. 한밤중의 산은 깜깜했지만, 치요는 개의치 않았다. 지금까지 갇혀 있던 결계의 어둠이 훨씬 더 깊은 어둠이었다. 무엇보다 하늘에는 별이 떠 있다. 별빛은 치요에게는 횃불 만 개보다도 밝게 여겨졌다.

치요는 계속 뛰었다.

환생

동쪽 하늘로 희뿌연 빛이 퍼지더니 주변을 밝게 비추기 시작했다. 밤 짐승들은 아침 아지랑이 속에 모습을 감추고 대신 작은 새들이 지저귄다.

치요는 그런 새벽 숲속을 비틀비틀 걷고 있었다.

완전히 지쳐 있었다. 밤새도록 거의 쉬지 않고 계속 걸었기 때문에 몸이 흐늘흐늘 무너질 것 같았다. 발바닥은 욱신거리고 장딴지는 돌처럼 굳어서 조금만 움직여도 아픔이 몰려왔다.

냄새를 없애려고 도중에 냇물에 들어간 게 실수였다. 그때 옷이 젖어버렸다. 젖은 옷자락은 무거운 데다 차가웠고, 다리에 감겨 움직이기 힘들었다.

이제 더는 걸을 수 없다.

비틀비틀 쓰러지려고 했을 때다. 치요는 바로 눈앞에 거대한 나무 한 그루가 서 있는 것을 발견했다.

빨려들 듯이 치요는 그 나무에 다가갔다.

보면 볼수록 훌륭한 나무였다. 어른 열 명이 손을 잡아도 이 나무를 껴안기에 모자랄 만큼 큰 아름드리나무였다. 나무껍질은 마치 용의 비늘 같다. 꿈틀거리듯이 땅바닥으로 올라온 뿌리는 나무의 생명력과 오랜 세월을 느끼게 했다.

그리고 그 뿌리 참에는 보란 듯이 구멍이 뚫려 있었다. 안을 들여다보니 사람이 누울 수 있을 만큼 넓었다.

치요는 망설이지 않고 안으로 들어갔다. 빈 구멍에는 은은한 온기가 있고, 향긋한 흙과 나무와 이끼 냄새가 났다.

여기서라면 아구리코를 깨울 수 있을지도 모른다.

치요는 왼쪽 소맷단을 뜯어 해독제 환약을 꺼냈다. 그리고 아구리코도.

그러나 조그만 여우를 보고 치요는 순간 망설였다. 더 깊은 산속으로 들어가야 하는 게 아닐까? 더 공기가 맑은 곳에서 해독제를 먹이는게 효과가 있을지도 모른다.

'아니야, 안 돼!'

더는 기다릴 수 없었다. 오래 끌면 그만큼 독이 퍼져서 잘못하다가 늦어버릴 수도 있다. 한시라도 빨리 아구리코에게 해독제를 먹여야 한다.

치요는 손 안의 검은 환약을 내려다보았다. 여랑화 뿌리와 곰버들, 적송 껍질 같은 해독제와 피의 흐름을 좋게 해주는 약초로 만든 해독제.

"부디, 제발 약효가 있게 해주세요!"

기도하면서 치요는 여우의 입을 벌려 약을 밀어 넣었다. 그리고 표주박의 물을 입에 쪼르르 따라 약을 목 안쪽으로 흘려 넣었다. 그런 다음에 오로지 손 안의 여우를 바라보고 있었다.

괜찮다. 독약을 먹은 지 아직 반나절밖에 지나지 않았다. 반드시 아구리코는 깨어날 것이다.

치요는 자신에게 말했다.

그러나 새벽이 오고 해가 중천에 떠올라도 아무런 변화가 나타나지 않았다. 조그만 여우는 숨 한 번 쉬지 않고 그저 치요의 손 안에서 누워 있을 뿐이다.

치요의 속은 불안감에 새까맣게 바짝바짝 타들어 갔다.

치요는 아구리코를 자신의 가슴에 안고 간절하게 기도했다.

"아아, 천지신명이여! 숲의 신이여! 부디 아구리코 님을 살려주세요. 아구리코 님은 구십 년이나 갇혀 있었어요. 이대로 죽으면 너무 가여워요! 부디, 부디 살려주세요. 소원이니 제발 다시 살아나게 해주세요! 제발요!"

몇 번이고 그렇게 기도했다. 기도하는 사이에 눈물이 흘러내렸다.

괴롭다, 슬프다. 불안해서 가슴이 미어질 것 같다.

어느새 주위의 소리가 사라졌다. 다만 쿵쾅쿵쾅 뛰는 심장의 고동 소리만 들려왔다. 자신이 살아 있다는 걸 이때만큼 강렬하게 느낀 적은 없었다.

'이 큰 고동 소리가 아구리코 님을 황천에서 다시 불러내 준다면 좋을 텐데!'

치요는 간절하게 바랐다. 무섭고 너무 애절한 나머지 숨을 쉬는 것도 잊었다. 그리고 그대로 정신을 잃었다.

정신을 잃은 뒤에도 고동 소리는 계속 들렸다. 어둠 속에서 생명의 고동 소리가 끊이지 않고 힘차게 울려 나갔다.

그러는 사이 희미하게 빛이 나타났다. 빛은 아래서 뿜어져 나오고 있었다.

발밑을 보니 강이 있었다. 뜨겁고 풍요로운 황금색 빛의 강이 치요를 에워싸고 도도히 흐르고 있다.

왠지 모르지만 그것은 자기의 강이라는 생각이 들었다. 치요 안을 돌고 있는 치요의 강.

그리고 강 건너에는 아구리코 님이 쓰러져 있었다.

아구리코는 생기 없이 흐릿하다. 목숨이 시들어 퍼석퍼석하게 마른 것처럼 보인다. 그 주위에 치요와 같은 빛의 강은 없었다.

아구리코가 당장이라도 어둠 속으로 가라앉아 버릴 것처럼 보여서 치요는 부르짖었다.

'아구리코 님에게 빛을 주세요!'

그 순간 치요를 감싸고 있던 둥그런 강이 형태가 무너졌다. 강물의 흐름 한 줄기가 갈라지듯이 휘어졌다. 그 흐름은 뱀처럼 스르륵 미끄러져 뻗어나가 아구리코를 향해 갔다.

빛의 강물이 아구리코를 감쌌다. 그대로 천천히 아구리코의 몸으로 스며들어 갔다. 마치 차갑게 식은 피를 데우고, 멈추어 있는 심장을 어루만지는 것 같았다.

시간을 들여 서서히 치요의 물은 아구리코에게 스며들어 갔다. 그러더니 이번에는 아구리코의 몸 밑에서 천천히 황금색 물이 솟아 올라왔다. '퐁퐁' 마치 샘물이 솟듯이 물이 솟아올라 아구리코 주위를 에워싸는 강이 되어 갔다.

동시에 두근두근 생명의 소리가 울리기 시작했다. 그때까지 들렸던 것과는 다른 더 느릿느릿 울리는 고동 소리다.

두 개의 고동 소리가 서로 포개졌다.

이때 치요는 눈을 떴다. 순간 자기가 어디 있는지 알 수 없었다.

"……꿈이었나?"

그러나 그것은 보통 꿈이라고 생각되지 않았다. 계속 들려오던 고동 소리도, 빛의 강물도, 아구리코의 모습도 죄다 또렷하게 떠올랐다. 마치 두 눈으로 실제 본 것처럼.

그건 무엇이었을까?

넋을 놓고 있던 치요가 갑자기 놀라서 펄쩍 뛰었다. 손 안에서 무언가가 굼실굼실 움직였기 때문이다. 놀란 채 두 손을 펼쳤다.

움찔움찔 여우의 몸이 떨리고 있었다. 꼬리가 푸들푸들 움직인다. 그러더니 크게 숨을 들이마시고 여우는 천천히 눈을 떴다.

조그만 여우는 한참 동안 눈을 깜박거리다가 치요를 알아보고 입가가 설핏 풀어졌다. 분명히 웃는 거였다.

"다행이야······."

눈물과 웃음이 번져 얼굴이 엉망이었지만 치요는 살그머니 아구리코를 자기 가슴에 대고 폭 안았다. 자기가 얼마나 기쁜지 그것을 조금이라도 전하고 싶어서.

한참을 그러고 있다가 치요는 갑자기 이상하다고 생각했다.

"······어째서 원래 모습으로 돌아오지 않으세요? 게다가 어째서 아무 말도 하지 않으세요?"

쓴웃음을 지으면서 여우는 얼굴을 일그러뜨렸다.

"그렇죠. 아직 힘이 돌아오지 않은 거죠?"

실제로 아구리코는 몸을 일으키기는커녕 머리를 쳐드는 게 고작이었다. 치요는 구멍 안에 나뭇잎과 풀로 자리를 만들고, 거기에 아구리코를 뉘어 주었다.

아구리코는 이내 잠이 들었다. 그 편안한 얼굴을 보자 치요도 피로와 졸음이 한꺼번에 몰려왔다. 더는 눈을 뜨고 있을 수가 없었다. 치요는 아구리코 옆에 몸을 동그랗게 말았다. 곧바로 잠이 찾아왔다.

치요와 아구리코가 잠에 곯아 떨어졌을 무렵, 아고 저택에서는 헤이하치로가 잠에서 깨어났다.

눈을 뜬 헤이하치로는 '눈꺼풀이 왜 이렇게 무겁지?'라고 생각했다. 눈꺼풀만이 아니었다. 몸도 머리도 아주 무거웠다. 마치 진흙이 엉겨 붙은 것 같았다.

그래도 헤이하치로는 일어나서 마당 쪽으로 난 미닫이문을 열었다. 밝은 햇살이 쏟아졌다.

이미 해가 중천에 뜬 것을 보고 헤이하치로는 눈을 크게 떴다. 여태껏 이런 시간까지 늦잠을 잔 적은 없다. 게다가 왜 이렇게 몸이 무거울까? 어젯밤에 술을 마시기는 했지만 이 정도로 숙취가 있을 거라고는 생각하지 않았다.

모든 게 다 이상하고 불쾌했다.

"찌뿌둥한 아침이군."

투덜거리면서 헤이하치로는 부엌으로 갔다. 먼저 치요에게 밥을 가져다주어야 한다.

부엌으로 들어온 헤이하치로를 보고 일하던 여자들이 딱 얼어붙었다. 고마키가 멈칫거리며 아침 인사를 했다.

"헤, 헤이하치로 님. 안녕히 주무셨습니까?"

"별채로 갈 음식은?"

"그, 그게……."

"설마 아직까지 준비가 안 됐다는 거야?"

헤이하치로가 고마키를 노려보다가 조금 어안이 벙벙해졌다. 늘 단정한 모습인 고마키가 오늘은 구질구질하고 어딘지 모르게 칠칠치 못했다.

고마키 뿐 아니라 일하는 여자들의 얼굴이 하나 같이 형편없었다. 막 잠자리에서 일어난 것처럼 머리는 부시시하고 눈도 부어 있다.

고마키는 바닥에 닿을 정도로 머리를 깊이 숙였다.

"소, 송구합니다. 어제 잔치 때문인지 모두가 다 늦잠을 자 버렸어요. 지, 지금 바로 준비할 테니 조금만 기다려 주십시오! 자, 자네들 빨리 움직이게!"

여자들은 부리나케 일을 시작했다. 허둥거리는 발소리와 그릇이 부딪쳐 딸그락거리는 소리가 점점 더 헤이하치로를 애타게 했다.

드디어 아침이 준비됐다.

"다, 다 됐습니다!"

"그래. 다음부터는 무슨 일이 있어도 늦지 마라."

헤이하치로는 쟁반을 들고 별채로 향했다. 식사를 나르는 일은 원래 하녀들이 할 일이지만, 어쩔 수 없다. 아구리코가 있는 별채에 아무나 드나들게 할 수는 없는 노릇이다.

그것을 알면서도 헤이하치로는 늘 불만이었다. 별채에 치요를 가두라고 한 것은 형 요이치로다. 이렇게 쟁반을 나르고 있으면 형이 시키는 대로 하는 것 같아서 언짢았다.

"제길! 어째서 내가 이런 심부름을 해야 되는 거야!"

속이 부글부글 끓었지만 평소와 다름없이 별채 문의 자물쇠를 벗기고, 헤이하치로는 안의 격자 창살문 앞에 섰다. 방안에 치요는 없었다. 아구리코가 있는 결계로 들어가 있는 거라고 생각해서 헤이하치로는 소리쳐 부르려고 하다가 그만 놀라서 아무 소리도 나오지 않았다.

"……아니!"

없다. 아구리코를 가두고 있던 어둠의 결계가 사라지고 보통 방으로 바뀌어 있었다. 검은 금줄은 어디에도 없다. 그리고 무엇보다 아구리코의 모습이 안 보였다.

결계가 깨졌다! 보호신이 도망갔다!

머릿속이 새하얘졌다.

정신을 차리고 보니, 헤이하치로는 격자문을 열고 안으로 뛰어와 있었다. 온 방 안을 돌아다니며 말이 아닌 신음 소리를 쏟아내고, 놓여 있던 모든 물건을 뒤집어엎었다. 화로, 벼루 상자, 치요의 옷이 든 바구니…….

"치요……?"

헤이하치로는 간신히 정신이 돌아왔다. 그렇다. 치요는 어디 있지? 별채 자물쇠는 틀림없이 채워져 있었다. 치요는 아직 이 안에 있어야 한다.

헤이하치로의 충혈된 눈이 측간 문으로 향했다.

뛰어가 문을 휙 열어젖히고 안으로 뛰어들었다. 그 순간 질퍽하게 한 발이 빠졌다.

"우욱!"

헤이하치로는 균형을 잃고 넘어지고 말았다. 허리와 옆구리를 세게 부딪혔다.

"으으으으!"

이를 악물면서 헤이하치로는 바닥에 빠진 오른발을 간신히 빼냈다. 악취가 코를 찔렀다. 발끝에 오물이 묻은 모양이다. 얼른 발을 바닥에 문질러 닦았다.

"대체 어떻게 이런 데에 구멍이 났지? 바닥의 판자가 썩어버렸나?"

바닥을 노려본 다음 순간, 아픔이 사라졌다. 변소 바닥 판자는 두 장이 떨어져 나가 떡하니 틈이 벌어져 있었다.

헤이하치로는 잠시 멍한 상태로 있다가 마침내 그 틈이 무엇을 뜻하는지 깨달았다. 깨진 결계, 사라진 아구리코, 그리고 벌어진 바닥 틈의 의미. 세 가지 사실이 딱 들어 맞았다.

그 순간 피가 머리로 쑥 솟구쳤다.

헤이하치로는 아까 뒤집어엎었던 바구니로 뛰어가서 옷가지 하나를 집어 들었다. 그리고 밖으로 뛰어나갔다.

도중에 땔감을 나르고 있던 하인 기치지와 마주쳤다.

"아, 도련님. 안녕…… 헉!"

헤이하치로의 귀신 같은 몰골을 보고 기치지는 그 자리에 얼어붙었다. 헤이하치로가 기치지에게 울부짖었다.

"이누마루한테 개를 모두 풀라고 전해라! 그리고 내 말도!"

"네에 에."

"빨리 가! 꾸물거리지 말고! 내가 돌아왔을 때 지금 말한 게 준비돼 있지 않으면 그 얼빠진 머리통을 깨뜨려 주겠다!"

기치지가 벌떡 일어나 냅다 땔감을 던져 버리고 바람처럼 뛰어나갔다.

헤이하치로도 자기 방으로 뛰어갔다. 뱃속이 부글부글 끓어올랐다. 화가 치밀어서 모든 것이 시뻘겋게 보일 정도였다.

나쁜 계집애. 은혜를 모르는 계집. 그렇게 잘 해줬는데. 제길! 꼭 잡아주마. 그럼 잡아야지, 배신자. 보호신 님은 물론 산 채로 잡는다. 하지만 치요는 살려두지 않을 것이다. 아고 집안을 업신여기면 어떻게 되는지 알게 해주마!

방으로 돌아와서 움직이기 편한 사냥복으로 갈아입고 즐겨 쓰던 칼과 활을 집어 들었다.

준비가 끝나자 헤이하치로는 곧장 마당으로 나갔다. 헤이하치로의 으름장이 무서웠는지 하인들은 시킨 일을 모두 해놓았다. 헤이하치로가 타는 말에는 안장과 고삐가 채워 있었고 풀려나온 개 열네 마리가 흥분해서 짖고 있었다.

헤이하치로는 치요의 옷을 이누마루에게 던졌다.

"이걸 개들에게 냄새 맡게 해라."

평소라면 잠자코 따르는 이누마루가 조그만 옷을 보고 얼굴빛이 싹 바뀌어서 우물우물 되물었다.

"도련님, 이건 사람의 옷인데…… 정말로 맡게 해도 되겠습니까?"

"그렇다! 빨리 시키는 대로 해라, 이 둔한 놈아!"

헤이하치로가 화를 내자 이누마루는 망설이면서 개들에게 옷을 내밀었다. 개들은 곧장 킁킁대고 냄새를 맡았다.

"그래, 단단히 맡아둬라. 너희들의 사냥감 냄새다. 단단히 기억해. 잊지 말고!"

개들이 냄새를 기억하자 헤이하치로는 말에 걸터앉았다.

그랬더니 다시 이누마루가 물었다.

"도련님, 어디로 가십니까?"

"사냥이다! 도망친 여우 새끼를 쫓는다. 아버님에게는 저녁까지 돌아온다고 전해라!"

"같이 가시는 분은?"

"필요 없다! 나 혼자 충분해!"

헤이하치로는 미친 듯이 웃었다. '컹컹' 개 짖는 소리가 점점 온몸의 피를 들끓게 했다.

이건 좋은 기회라고 문득 생각했다.

'이번에는 꼭 인정받고 말겠어. 병약한 형님보다 내가 훨씬 더 쓸모가 있다는 것을 아버님께 보여주고 말 거야. 보호신 님과 치요를 붙잡아서. 누구의 손도 빌리지 않을 거야. 나 혼자서 해내고 말 거야!'

"문을 열어라! 개들을 풀어!"

사냥이 시작되었다.

쫓기는 자

꿈속에서 치요는 새하얀 안개 속에 있었다. 본 적이 있는 안개라고 생각하고 있는데 자기 이름을 부르는 소리가 들려왔다.

돌아보니 아구리코가 웃는 얼굴로 서 있다.

"아구리코 님!"

"치요! 용케 해냈구나!"

둘은 손과 손을 꼭 마주 잡았다.

잠깐 기쁨을 나눈 다음 "이제부터 무얼, 어떻게 할까요?"라고 치요는 물었다.

밖으로는 나왔지만, 아직도 여전히 안전하다고 할 수 없다. 아고의 손아귀가 절대로 뻗치지 않을 곳으로 가지 않으면 의미가 없다는 것을 치요는 알고 있다.

아구리코는 머리를 끄덕였다.

"알고 있다. 아고 무리가 따라올 것은 불을 보듯 뻔한 일이다. 그러니 나와 함께 아구리 숲으로 가자. 그곳이라면 안전하다. 나도, 그대도."

"……제가 같이 가도 괜찮습니까?"

치요는 머뭇거리며 되물었다. 신들이 산다는 숲에 사람인 자기가 가도 될까?

망설이는 치요에게 아구리코는 크게 고개를 끄덕였다.

"되고말고. 숲에 사는 모든 자들에게 부탁해서 그대를 숲에 들여보낼 것이다. 숲에 도착하면 이번에는 내가 너를 지켜주마. 약속한다."

치요의 얼굴이 환하게 빛났지만 곧 한 가지 불안이 치밀었다.

"아구리 숲은 얼마나 먼가요?"

"글쎄다. 그대의 걸음으로는 이레에서 아흐레는 걸리겠구나."

"이레나 아흐레……."

치요는 공포를 느꼈다. 쫓기는 자에게는 무섭도록 긴 시간이다.

아구리코도 그것을 알고 있을 것이다. 입술을 깨물었다.

"나의 힘이 전부 다 돌아왔다면 쫓아오는 아고 녀석들 따위 무섭지 않을 텐데……. 지금은 이렇게 꿈속에서 그대에게 말을 거는 것이 고작이다. 숲에 도달할 때까지는 온 힘을 다해 그들한테서 도망쳐야 할 것이다."

"힘이, 돌아오지 않으셨어요?"

치요의 물음에 아구리코는 희미하게 웃었다.

"죽음의 강에서 다시 살아오느라 나의 모든 힘을 짜내야 했었다. 힘이 다 말라버린 것도 당연하다. 이렇게 그대와 꿈속에서 이야기할 수 있는 게 오히려 신기할 정도이다. 보통은……."

갑자기 아구리코는 말을 끊고, 무언가 중대한 사실을 깨달은 듯이 낯빛이 창백해졌다. 그것을 보고 치요는 불안에 사로잡혔다.

"보통은요? 보통은 어떤가요?"

"아니다. ……이렇게 꿈속에서 이야기할 수 있는 것도 그대가 나에게 해독제를 먹여준 덕분이다. 그 말을 하고 싶었을 뿐이다."

얼버무리는 말처럼 들렸지만, 치요는 꼬치꼬치 캐묻지 않았다. 그것 말고 묻고 싶은 것이 있었기 때문이다.

"……설마, 계속 그런 모습으로 있는건 아니시죠? 그렇게 힘을 잃은 채로 말이에요."

"그건 걱정할 것 없다. 아구리 숲에 돌아가면 내 힘은 돌아온다. 나는 아구리 숲의 아이. 숲에서 힘을 받기 때문이다. 어쨌든 아구리 숲으로 간다. 숲에 가면 모두 해결된다."

"네."

"그럼 이제 잠에서 깨도록 하자."

아구리코가 그렇게 말하고 모습을 감춘 것과 치요가 잠에서 깬 것은 거의 동시였다.

눈을 뜨자 옆에 누워 있는 조그만 여우가 눈에 들어왔다. 여우도 마침 눈을 뜨던 참이었다.

치요는 아구리코에게 웃어주고 일어서려고 했다. 그 순간 "우으으윽!" 하고 신음을 질렀다. 온몸에 묵직한 통증이 몰려왔다.

온몸의 힘을 모아 상체를 일으키려고 했다. 몸 여기저기에서 뚝뚝 소리가 났다. 팔도 다리도 돌처럼 무겁고 마비되어 있다.

간신히 일어나 앉은 치요에게 아구리코가 배를 깔고 엎드린 채로 우는소리를 했다. 자꾸 짐 꾸러미 쪽을 바라보았다.

"네? 무슨 말씀이세요?"

치요가 짐을 펼치자 주먹밥이 든 꾸러미가 굴러 나왔다. 아구리코가 다시 울었다. 배를 채워두라고 말하는 것 같다.

주먹밥을 보자 치요는 자기가 얼마 동안 빈속이었는지 깨달았다.

"아구리코 님, 드실래요?"

아구리코는 머리를 가로젓고 구멍 입구 쪽으로 눈을 돌렸다. 그쪽에서 비쳐 들어오는 빛과 바람을 뭔가 원하는 눈으로 보았다.

치요는 아구리코를 안아 올려 입구에서 가까운 바닥에 놓아주었다. 빛과 바람을 받으며 아구리코는 눈을 가늘게 떴다. 마치 맛있는 음식을 먹는 것처럼 만족스러워 보였다.

치요는 세 개 있던 주먹밥 중에서 하나만 꺼냈다. 앞으로 먹을 것을 찾을 수 있다고 장담할 수 없다. 식량을 되도록 아끼는 게 좋을 것이다.

남은 걸 정성스럽게 싸서 짐에 넣어두고, 치요는 주먹밥을 한 입 먹으려고 입에 가져가자 갑자기 뭐라 말하기 어려운 역겨움이 몰려왔다.

먹을 수 없다. 이런 거 먹고 싶지 않다!

자기도 모르게 주먹밥을 던져 버리려고 했다. 이때다. 날카로운 시선을 느꼈다.

아구리코가 이쪽을 보고 있었다. 그 눈은 활활 불타고 있었다.

먹어라. 안 먹으면 용서치 않는다.

아구리코의 압박을 거스르지 못하고 치요는 심하게 올라오는 역겨움을 누르면서, 주먹밥을 입에 넣었다. 한 입 먹자마자 역겨움이 사라졌다. 거짓말처럼 순식간에 사라졌다.

'대체…… 지금 이건 뭐였을까?'

그러나 이런저런 생각을 하기도 전에 공복감이 돌아왔다.

치요는 정신없이 먹었다. 주먹밥은 차갑고 딱딱했지만 어떤 진수성찬보다도 맛있었다.

주먹밥을 먹어 치우고 치요는 만족스럽게 '후욱' 한숨을 내쉬었다. 배가 부르자 기분도 좋아지고, 몸에서도 힘이 났다.

아구리코를 안고 치요는 구멍에서 나왔다. 밖으로 나와 보니 아직 해가 중천에 떠 있다.

치요가 "아구리 숲은 어느 쪽이에요?"라고 묻자, 아구리코는 서쪽을 가리켰다.

작은 여우를 품 안에 넣고, 치요는 서쪽으로 걷기 시작했다. 아무래도 아구리코는 아구리 숲이 있는 곳을 분명히 알고 있는 것 같았다. 치요가 조금이라도 어긋난 방향으로 가면 치요의 가슴을 가볍게 잡아당겨서 갈 곳을 바로잡았다.

그렇게 둘은 점점 깊은 숲으로 들어갔다.

숲은 아름다웠다. 나무들은 있는 힘껏 가지를 벌리고 있고, 이파리는 선명해서 눈이 부셨다. 올려다보면 나무 사이로 스며드는 햇살이 사금처럼 흩뿌려져 있다. 손을 뻗으면 잡을 수 있을 것 같았다.

게다가 숲의 공기는 얼마나 달고 맛있는지, 치요도 아구리코도 몇 번이나 숨을 깊이 들이마셨다. 그러자 몸 구석구석까지 대기가 스며들어, 몸에 쌓여 있던 나쁜 것들이 맑아지는 것 같은 기분이 들었다.

"아아아……."

다시 살아난 것 같은 마음에 치요가 한숨을 쉬었을 때다. 아구리코가 치요의 가슴께를 득득 긁었다. 지금까지 하고는 다르게 그 힘이 아주 셌다.

"아얏! 왜, 왜 그래요?"

치요가 손을 내밀자 아구리코가 손으로 뛰어내렸다. 그 몸이 뻣뻣하게 굳었고, 눈은 당장이라도 튀어나올 것처럼 뜨고 있었다. 치요는 숨을 삼켰다.

"벌써 따라온 거예요?"

아구리코가 고개를 끄덕이자마자 치요는 뛰기 시작했다. 피로와 아픈 다리 따위 한순간에 날아갔다. 어쨌든 도망쳐야 한다. 절대로 잡히지 않을 것이다.

그러나 점점 개 짖는 소리가 들려왔다.

온다! 아고가 쫓아왔다!

공포심에 기가 막히고 숨도 쉴 수 없었다.

가쁜 숨을 쉬다가 결국 넘어져 버렸다. 헉헉 헐떡이면서 치요는 울었다. 이제 끝났다. 여기서 잡히면 죽임을 당할 것이다.

이때 날카로운 소리가 울렸다.

"어엇?"

얼굴을 들자 아구리코가 땅바닥을 기어가고 있었다. 향하고 있는 곳에는 버려진 치요의 짐이 있다.

아구리코가 무언가를 알려주려는 것이다.

치요는 얼른 짐을 들었다. 안에 든 것은 별로 없다. 주먹밥을 싼 꾸러미, 누룽지를 넣은 주머니, 물을 담아둔 표주박, 수건, 작은 칼, 부싯돌, 그리고 작은 종이 뭉치.

앗! 하고 치요는 종이 뭉치를 집어 펼쳤다. 붉은색이 도는 갈색 환약이 몇 개 나왔다. 도토리 크기만한 환약에서 눈과 코를 찌를 듯한 냄새가 피어올랐다.

'그래, 이게 있었지!'

치요는 당장 부싯돌을 쥐고 근처에 있던 마른 풀 위에서 부싯돌을 부딪쳤다. 돌과 돌이 서로 부딪칠 때 마다 미약한 불꽃이 튀었지만, 좀처럼 불이 붙지 않았다. 그러는 동안에도 개 짖는 소리는 점점 가까이 다가왔다.

'빨리, 빨리!'

초조하면 초조할수록 불은 붙지 않았고 치요는 식은땀이 흘렀다.

"붙어! 제발 붙으라고!"

마침내 소리를 지르면서 마구 돌을 부딪쳐 댔다.

겨우 조그만 불이 피어올랐다. 손톱 끝보다도 작은 불꽃. 치요는 어떻게 해서든지 그 불을 지키려고 했다. 그게 사라지면 이제 희망은 없다.

마른 나뭇가지와 풀을 집을 수 있는 만큼 집어서 조심스럽게 불 위에 올리고 숨을 훅훅 불었다.

마침내 불이 붙어 모닥불이 만들어졌다. 이제 한동안은 꺼지지 않을 것이다.

치요는 아구리코를 다시 자기 품 안에 집어넣었다. 아구리코가 안에서 몸을 단단히 웅크리는 것이 느껴졌다.

이번에는 자기의 코와 입을 손수건으로 막은 다음, 아까 그 환약 한 알을 불꽃 위에 살짝 놓았다.

눈 깜짝할 사이에 노란색 연기가 피어오르기 시작했다. 뭉글뭉글 묵직한 연기는 지면 위를 기어가듯이 퍼져나갔다.

그와 동시에 눈과 코가 문드러질 것 같은 강렬한 냄새가 풍겼다.

치요는 아구리코가 든 품을 감싸면서 뛰기 시작했다. 그렇게 뛰면서도 귀는 소리가 나던 쪽으로 곤두세우고 있었다.

마침내 바라던 일이 일어났다. 바로 뒤까지 바짝 따라왔던 무섭게 컹컹 짖는 소리. 그 소리가 갑자기 깨갱하는 비명으로 바뀌었다.

'아, 됐다! 됐어!'

추적자의 개들은 그 연기를 들이마셨다. 치요마저 고통스럽게 느낀 냄새다. 개에게는 그야말로 고문 같이 괴로웠을 것이다. 이제 한동안은 따라오지 못할 것이다.

그러나 마음을 놓은 것도 잠시, 치요의 심장은 다시 얼어붙었다. 뒤에서 짐승이 울부짖는 것과 비슷한 목소리가 들렸다. 그 목소리는 되풀이해서 치요의 이름을 불렀다.

"불여우같이 요망한 여우 계집애! 치요! 나는 반드시 따라간다! 아아아아앗! 도망쳐라, 도망쳐! 너희들이 도망치면 칠수록 나의 즐거움이 늘어날 뿐이야! 기다리고 있어라, 치요! 보호신님을 곧 아고 집안으로 도로 데리고 갈 테니까. 기다리고 있으라고! 아하하핫!"

치요는 정신없이 뛰었다. 개들은 한동안 쓸모가 없을 것이다. 그것을 알고 있었지만, 발이 멈추지 않았다.

미친 것 같이 부르짖는 소리에서 조금이라도 멀어지고 싶었다.

오로지 그 마음으로 치요는 달리고 달렸다.

숨은 자

헤이하치로는 쓰러진 나무에 털썩 주저앉았다. 더 이상은 도저히 움직일 수 없었다. 몸에서는 먹을 것과 잠을 달라고 비명을 지르고 있다.

헤이하치로 주위에는 개들이 웅크리고 있다. 몸은 야위고, 다쳐서 반들반들 윤기가 나던 털은 무참히 헝클어졌다. 킹킹 불쌍하게 코를 훌쩍이는 모습이 헤이하치로를 초조하게 만들었다.

그렇지만 화를 낼 힘이 남아 있지 않았다.

이틀 동안 거의 한숨도 안 자고 숲을 돌아다니며 도망간 치요와 아구리코를 쫓았다. 젊음과 분노가 한데 섞인 무모한 추적이었다. 타고 온 말도 버렸다. 도중에 거품을 물고 아무리 채찍으로 때려도 움직이지 않았기 때문이다.

그때는 "쓸모없는 놈!"이라고 말에게 욕을 퍼부었지만 지금은 자기가 거품을 물 것 같았다. 배가 고프고 몸도 마디마디 쑤시지 않는 곳이 없다.

그런데도 분노는 활활 계속 타오르기만 할 뿐이다.

'설마 이렇게까지 당할 줄이야, 제길!'

지난 이틀 동안 개들은 몇 번이나 사냥감의 냄새를 맡고 따라갔다. 그런데 매번 코앞에서 놓쳤다. 바싹 추적할 때마다 지독한 악취가 나는 연기가 헤이하치로 일행의 앞을 가로막았기 때문이다.

"망할!"

욕을 하면서 헤이하치로는 주머니를 집어 들었다. 어쨌든 뭐든 입에 집어넣어야 한다.

하인들이 눈치 빠르게 말안장에 식량 주머니를 매달아 두지 않았다면 천하의 헤이하치로도 지금쯤 두 손 들었을 것이다.

헤이하치로는 불을 피워 주머니에 들어 있던 떡을 구워서 우적우적 먹었다. 양이 넉넉하지는 않았지만 부족한 만큼 물을 마셔서 배를 불렸다.

그렇게 먹고 났더니 기분이 조금 가라앉았다. 눈앞의 모닥불을 바라보면서 헤이하치로는 앞으로의 일을 생각했다.

보호신 님은 틀림없이 치요와 함께 있을 것이다. 그러니 치요를 잡아 인질로 삼으면 아구리코는 시키는 대로 할 것이다.

간단한 일이었다. 그 간단한 일이 도무지 쉽게 풀리지 않는 것이 헤이하치로는 답답해서 미칠 지경이었다.

'진정해. 진정하고 생각해 보는 거야.'

초조하고 분했지만 억지로 참아 누르면서 헤이하치로는 골똘히 생각했다.

'어쨌든 무턱대고 쫓아서는 안 돼. 그들은 교활한 방법을 또 준비했을 게 분명해. 게다가 이번의 그 무시무시한 연기를 마시고 개들의 코는 완전히 냄새를 못 맡게 돼버렸어. 에잇! 망할 연기!'

다시 분한 마음이 치밀어 손가락 끝을 꽉 깨물었을 때였다.

"아고 도련님……."

갑자기 쉰 목소리가 헤이하치로를 불렀다.

뒤를 돌아보고 헤이하치로는 깜짝 놀랐다. 바로 뒤에 그림자 다섯 개가 희미하게 떠 있었기 때문이다. 개들이 낑낑거렸지만, 그림자가 쉬잇 하고 날카롭게 혀를 찼더니 얌전해져서 납죽 엎드렸다.

"누구냐!"

헤이하치로가 외치자 그들은 스윽 다가왔다. 모닥불 불빛이 그들의 얼굴을 비추었다.

"너희들은……."

그들은 얼굴이 없었다. 민자로 된 하얗고 불길한 가면을 쓰고 있었기 때문이다. 온몸은 시커멓고 머리에도 검은 두건을 쓰고 있어서 그 하얀 가면만 어둠 속에서 둥둥 떠 있는 것처럼 보였다.

그들은 숨은 자라 불리는 종족이었다. 아무한테도 속하지 않고, 돈을 받으면 몰래 맡은 일을 해치우는 자들. 그림자에 몸을 숨기고 숨을 쉬지도 않고 사냥감에 몰래 다가가 목숨을 앗아간다고 했다.

천하의 헤이하치로도 이들을 보자마자 그만 비명을 지르고 말았다. 그러나 다행히도 그들이 쓰고 있는 가면은 본 적이 있었다. 전에 아버지가 그들을 대면시킨 적이 있었다.

"너도 언젠가 이 녀석들을 쓰게 될 일이 있을 게야."라고 하면서.

그런데 그들이 왜 지금 여기에 있는 걸까?

경계하는 헤이하치로에게 뿔이 달린 가면을 쓴 우두머리 남자가 머리를 숙였다.

"아고 어르신의 명령으로 우리는 도련님의 사냥을 도우러 왔습니다."

"아버님의 명령이라고?"

"예. 도련님이 아직도 돌아오지 않는 것은 사냥에 품이 많이 들기 때문이라고 하시면서 우리를 보내셨습니다."

"그래. 아버님이 보내셨다고……."

헤이하치로의 얼굴이 복잡하게 일그러졌다. 아버지의 원군은 고마웠지만, 제 노릇을 못한다고 욕하는 것 같기도 해서 참으로 견디기 힘들었다.

"내가 쫓고 있는 것에 대해서 아버님은 뭐라 하시더냐?"

"아고 집안의 보물을 훔쳐 달아난 계집아이라고 말씀하셨습니다."

"그래."

보호신 님에 대해서는 알리지 않았구나 하고 헤이하치로는 안도의 숨을 쉬었다.

'이 일은 끝까지 아무한테도 알려지면 안 된다. 어쨌든 이 녀석들이 와 주어서 살았다. 무엇보다 솜씨가 뛰어나니까. 이 녀석들에게 치요와 보호신 님을 쫓으라고 하자. 그리고 나머지 일은 내가 하면 그만이지.'

헤이하치로가 속으로 중얼거리는데 우두머리가 말했다.

"개들의 상태가 끔찍하군요. 대체 무슨 일이 있었습니까?"

"그 계집애가 요술 같은 연기를 피웠다. 나한테 잡힐 것 같은 순간마다 말이야. 그 연기를 들이마시면 개들은 땅바닥에 굴러 버려서 당최 쓸모가 없어진다. 그래서 내가 개들을 살피고 있으면 그 사이에 계집애는 멀리 도망쳐 버려. 몇 번이고 몇 번이고 같은 수법을 썼어."

우두머리가 끄덕였다.

"그럼 개들은 여기에 놔두고 가시지요. 이래서는 방해가 될 뿐입니다."

"하지만…… 그럼 어떻게 계집애를 찾아내지?"

숨은 자들은 희미하게 웃었다.

"걱정 안 하셔도 됩니다. 개가 필요 없는 이유는 우리가 바로 사냥개이기 때문입니다."

"그렇습니다. 게다가 상대는 기껏해야 어린 계집애. 발자국을 숨길 재주도, 인기척을 감출 재주도 없을 것입니다. 꼭 잡겠습니다."

담담하게 말하는 숨은 자들. 그 차분한 모습이 오히려 듬직해 보였다.

헤이하치로는 눈을 반짝거리며 당장이라도 추적을 시작하자고 외쳤다. 그러나 우두머리는 머리를 가로저었다.

"그렇게 하고 싶은 마음은 굴뚝같지만, 여기까지 오느라 하루 온종일 뛰었기 때문에 우리도 조금 지쳤습니다. 오늘 밤은 이대로 쉬겠습니다."

"하지만 그러면 계집애가 도망가 버릴 거다!"

"아니 그렇지 않습니다."

숨은 자들은 차분했다.

"밤눈이 어두운 계집아이가 밤에 숲에서 움직이지는 않습니다. 그렇게 멀리 가지 못할 겁니다. 게다가 도련님도 피곤하신 것 같고. 고기를 좀 가지고 왔으니 그거나 드시고 내일을 위해서 힘을 모아 두시지요. 이봐!"

우두머리가 소리를 지르자 숨은 자들은 곧바로 불을 피우고, 가지고 온 고기와 떡 등을 구웠다.

헤이하치로는 할 수 없이 불 옆에 앉았다. 쉬지 않고는 이 사내들은 움직이지 않을 것이다. 그렇게 이해했다. 게다가 혼자가 아니라는 것이 솔직히 고마웠다. 마음이 놓이는 것 같았다.

그때 옆에 앉은 우두머리가 작은 비단 주머니를 내밀었다.

"잊고 있었습니다만 젊은 형님께서 이것을 맡기셨습니다."

"형님이?"

"네. 그것을 잡으면 쓰라고. 사용법은 알고 있을 것이라고. 그렇게만 말씀하셨어요."

헤이하치로는 주머니를 받아서 안에 든 것을 꺼냈다.

주머니에서 나온 것은 오래된 염주였다. 검은 나무 구슬을 끼워 엮은 소박한 것이었지만, 헤이하치로는 보고 놀랐다.

아구리코를 잡기 위해 썼던 염주이다. 헤이하치로의 선조들이 주술사에게 만들게 했고, 아고 집안에 가보로 전해져 내려오는 물건이다.

헤이하치로의 얼굴에서 초조함이 말끔히 사라졌다.

이제 걱정 없다. 아버지는 원군을 보내주셨다. 보호신 님을 잡기 위한 염주도 손에 넣었다. 이제 절대 놓치지 않는다. 치요에게는 만에 하나도 승산이 없다.

헤이하치로는 히죽 웃었다.

다음에는 꼭 숨통을 끊어 주마.

박박 가볍게 볼을 할퀴자 치요는 앓는 소리를 냈다. 몸은 지쳐 축 늘어지고 졸려서 참을 수가 없었다. 도저히 일어날 수가 없다.

그러나 할큄은 멈추지 않았다. 멈추기는커녕 점점 심해졌다. 억지로 눈을 떠보니 조그만 여우가 자기를 들여다보고 있다.

"아구리코 님, 조금만 더 자면 안 될까요?"

안 된다고 여우는 조급하게 머리를 저었다.

할 수 없이 치요는 몸을 일으켰다. 그 순간 둔한 통증과 묵직한 피로감이 한꺼번에 온몸을 덮쳐왔다.

"으으으으읍!"

몸뿐 아니라 목과 눈도 따끔따끔했다. 어제 눈과 코를 멀게 하는 연기를 조금 들이마셨던 탓이다.

지난 이틀 동안 몇 번이나 헤이하치로에게 쫓겼고, 그때마다 연기 환약을 썼다. 덕분에 오늘까지도 계속 도망칠 수 있었지만…….

'그 환약도 이제 다 쓰고 남은 게 없다. 다음에 추적자가 따라붙으면 어떻게 도망쳐야 할까?'

마음이 불안한 치요는 뻣뻣한 몸을 풀면서 누룽지를 입에 넣었다. 그리고 아구리코를 어깨에 태우고 휘청휘청 걷기 시작했다.

치요의 다리는 허벅지에서 발끝까지 아프지 않은 곳이 없었다. 발바닥은 천 개의 바늘로 찌르는 것처럼 아팠고, 무릎은 부서질 것 같다. 종아리는 지금이라도 뼈에서 살이 떨어져 나갈 것 같다.

'아아, 쉬고 싶어! 조금이라도 좋으니까 쉬고 싶어!'

치요는 간절하게 생각했다. 그러나 결코 발걸음을 멈추지는 않았다. 잠깐의 쉼이 목숨을 앗아갈 수도 있다는 걸 알고 있기 때문이다.

이제 조금만 가면 아구리 숲이 보일지도 모른다.

그 생각을 힘으로 바꾸어서 치요는 한 걸음, 한 걸음 나아갔다.

그러나 다른 고통이 치요를 괴롭히기 시작했다.

배고픔이다.

치요는 입술을 깨물었다. 식량은 아까 먹은 누룽지가 마지막이었다. 음식을 더 준비해 두었더라면 하고 후회했지만, 이제 와서 무슨 소용이 있으랴.

먹는 것에 대해 생각하지 않으려고 애쓰면서 치요는 걸어나갔다. 괜찮다고 스스로에게 말해주었다. 이틀쯤 먹지 않아도 물만 있으면 죽지 않는다.

'괜찮아. ……나는 괜찮아. 강하니까. 내가 아구리코 님을 지킬 거니까.'

마음속으로 잠꼬대처럼 중얼거리면서 치요는 계속 걸었다.

그러나 마침내 두려워하던 일이 벌어졌다. 몸서리칠 만큼 잘 알고 있는 컹컹 개짖는 소리가 멀리서 들렸다.

이를 악물고 치요는 뛰기 시작했다. 그러나 도무지 발을 빨리 움직일 수가 없었다. 안타까울 만큼 더디다.

이러다가 곧 따라잡힐 것 같아 치요는 침을 삼켰다.

그러나 오늘의 뒤쫓는 자는 지금까지 하고는 달랐다. 틀림없이 개 짖는 소리는 끊임없이 들려왔다. 그런데 다가오는 느낌이 없다. 일정한 간격을 두고 그들은 치요와 아구리코의 뒤를 따라오고 있었다.

잡을 듯 말 듯 따라오는 자. 그것이 또 무서웠다.

'안 되겠어. 이대로 가다가는 잡히고 말아. 어떻게든 개들의 코를 속여야 하는데……'

코를 멀게 하는 환약이 없는 지금 냄새를 막을 방법은 한 가지밖에 없다. 치요는 소리쳤다.

"아구리코 님! 강은 어느 쪽이에요? 알면 가르쳐 주세요!"

강이 없다면 호수든 늪이든 뭐든 괜찮다. 어쨌든 조금이라도 냄새를 지울 수 있는 곳으로 가야 한다.

치요의 외침에 아구리코는 왼쪽을 가리켰다. 그쪽을 향해서 치요는 뛰었다.

"서둘러! 빨리!"

마침내 치요 귀에 물소리가 들려왔다. '우웅 우웅' 하는 땅이 울리는 것과 비슷한 소리다. 강이 가깝다는 걸 알자 치요는 다리에 힘을 주었다.

그렇게 커다란 덤불을 빠져나가니 그곳은 기다란 비탈면이고, 강은 그 아래에서 흐르고 있었다. 폭이 상당히 넓은 강이었다. 흐르는 물은 청녹색으로 빛나 마치 한 마리 구렁이 같이 대지에 누워 있다.

치요는 절망의 비명을 질렀다. 얕은 냇물을 건너 냄새를 없애고 싶었는데. 이 강에는 얕은 곳은 없어 보였다. 무서운 속도로 흐르는 급류이다. 한 걸음이라도 잘못 디디면 곧바로 물에 삼켜져 떠내려갈 것이다.

'어떡하지? 여기는 도저히 못 건너겠는데.'

그러나 여기서 멈춰 서 있다가는 그야말로 독 안에 든 쥐가 되고 만다. 찾아보면 건너편으로 건너갈 수 있는 얕은 여울이 있을지도 모른다.

치요는 비탈을 미끄러져 내려가 상류 쪽으로 뛰려고 했다.

바로 그때였다. 치요는 자기들과 그리 멀리 떨어지지 않은 곳에 한 남자가 서 있는 것을 발견했다.

"히이익!"

피리 소리 같은 기이한 소리를 지르고 치요는 그 자리에 우뚝 서버렸다.

새까만 옷을 걸친 남자는 천천히 치요에게 다가왔다. 남자의 얼굴은 새하얗고, 이마에는 뿔이 달려 있다. 순간 도깨비가 나타났나 했지만, 그건 아니었다. 그는 밋밋한 가면을 쓰고 있었다.

정면으로 다가와서 남자는 치요를 내려다보았다. 가면 뒤로 남자가 웃고 있는 게 느껴졌다.

"드디어 왔군."

그 한마디에 치요는 자기가 함정에 걸렸다는 것을 깨달았다. 개가 짖는 소리에 감쪽같이 속아, 이 사내가 기다리고 있던 곳까지 쫓겨온 것이다.

되돌아서 가려고 몸을 돌린 순간 다른 남자가 날다람쥐처럼 덤불에서 튀어나왔다. 한 사람 또 한 사람, 가면을 쓴 검은 차림의 남자들이 차례차례 튀어나와 치요 앞을 가로막아 섰다.

눈 깜짝할 사이에 치요 주위를 에워쌌다.

치요가 가만히 서 있자 가면을 쓴 남자가 동료들에게 말했다.

"수고했다."

"아아, 빨리 찾아서 다행이야. 개 짖는 소리를 내면서 뛰는 게 생각보다 피곤하다니까."

"아고 도련님은?"

"금방 오겠지."

기괴한 사내들이 주고받는 말을 듣고 치요는 얼굴에서 핏기가 싹 가셨다.

헤이하치로가 곧 온다. 아고 헤이하치로가.

숨이 막힐 것 같은 공포가 몰려와 치요는 바로 도망치려고 했다. 그러나 곧바로 한 남자에게 어깨를 붙잡혔다. 순간 찌르는 듯한 통증이 몰려와 꼼짝도 할 수 없었다.

"쓸데없는 짓 하지 마라."

"놔, 놔줘요! 앗! 안 돼!"

치요가 말릴 사이도 없이 꿈틀꿈틀 품 안이 움직이는가 싶더니 아구리코가 튀어나왔다.

아구리코는 치요 어깨로 올라와 어깨를 잡고 있던 남자의 손가락에 작은 이빨을 찍어눌렀다.

"아앗!"

사내는 놀라서 손을 뗐다. 치요는 정신없이 외쳤다.

"도망치세요, 아구리코 님! 도망쳐요!"

그러나 아구리코는 달아나지 않았다. 이빨을 드러내고 치요 어깨 위에 버티고 서서 사내들을 노려보았다. '그런 짓을 하면 안 될 텐데……'라고 생각하며 치요는 절망스러운 눈으로 남자들을 보았다.

손바닥에 올라갈 정도로 조그만 여우를 보고 남자들은 많이 놀란 것 같았다. 그러나 가면을 쓴 사내는 천천히 움직였다. 그 손이 아구리코에게 뻗쳤다.

'아아 다 틀렸어!' 치요는 포기하고 눈을 감았다.

그때다. 갑자기 커다란 것이 덤불에서 튀어나와 검은 남자들을 덮쳤다.

한 남자가 그대로 머리를 맞고 땅바닥으로 굴렀다. 다른 한 사람도 무릎을 채여 비명을 지르며 쓰러졌다.

"뭐냐, 너는!"

숨은 자들도 놀랐지만 치요의 놀라움은 훨씬 더 컸다.

"이누마루 님!"

그것은 틀림없이 이누마루였다. 그러나 치요가 알고 있던 이누마루하고는 완전히 다른 사람이었다. 특징 없었던 얼굴은 단호한 표정을 짓고, 눈은 형형하게 빛나고 있다. 늑대처럼 사나

운 모습에 치요는 벌어진 입을 다물지 못했다.

이누마루는 짐승처럼 날뛰었다. 게다가 이누마루가 휘파람을 불자 굵고 낮게 짖는 소리와 함께 개 몇 마리가 튀어나왔다.

치요는 움찔했지만 개들은 치요한테는 눈길도 주지 않고, 검은 사내들에게만 달려들었다. 순식간에 두 사람이 물렸다.

곤봉을 휘두르면서 이누마루가 치요를 돌아보았다.

"가라, 치요! 그 분을 안전한 곳으로 데리고 가!"

그 소리에 치요는 정신이 돌아왔다.

그렇다. 도망쳐야 한다. 지금은 어떻게든 도망칠 수 있다.

치요는 아구리코를 안은 채 비틀비틀 강을 따라 뛰었다. 비명과 신음소리가 조금씩 멀어졌다.

'살 수 있을지도 몰라. 도망갈 수 있을지도 몰라.'

순간 기쁨이 솟아올랐다.

"치요오오오!"

무시무시한 소리가 치요의 등을 때렸다.

치요의 발이 딱 멈추었다. 멈추지 말라고, 계속 뛰어야 한다고 필사적으로 명령했는데 그 목소리를 들은 순간 꼼짝도 할 수 없었다.

몸을 삐걱거리며 치요는 뒤를 돌아보았다. 헤이하치로가 나무 옆에 서 있었다.

치요에게 발밑이 무너지는 것 같은 감각이 몰려왔다.

"이 계집애애앳!"

헤이하치로의 얼굴은 붉으락푸르락 검붉게 변했고 눈과 입으로는 불을 뿜는 것 같았다. 그러나 치요의 손 안에 아구리코가 있는 것을 보자 히죽 짐승처럼 웃었다.

비탈면을 뛰어 내려온 헤이하치로는 치요한테서 조금 떨어진 곳에 멈춰섰다. 얼굴은 딱딱하게 굳은 웃음을 지으며 헤이하치로는 손을 내밀었다.

"자, 이쪽으로 와라, 치요. 보호신 님을 넘겨. 너는 용서해 주마. 아아 나도 알아. 보호신 님의 주술에 걸려서 조종당한 거지? 그러니까 이런 짓을 벌인 거야. 알고말고. 너는 아무것도 잘못한 게 없어. 그러니까 자아, 이리 와."

거짓말이라는 걸 치요는 뻔히 알았다.

치요가 아구리코를 넘기면 헤이하치로는 당장이라도 죽이려 달려들 것이다. 그리고 치요는 애초에 아구리코를 넘겨줄 생각이 없었다. 무슨 일이 있어도 절대로.

이렇게 된 바에야 길은 하나밖에 없다.

치요는 뒤로 한 발짝 내려섰다.

"괜찮지요, 아구리코 님?"

치요의 생각을 읽었는지 아구리코는 싱긋 웃어 보였다. 치요는 머리를 끄덕이고 다시 한 걸음 내려갔다.

헤이하치로의 안색이 바뀌었다.

"이봐. 어, 어쩔 생각이야, 치요!"

아구리코를 단단히 감싸 잡고서 치요는 뒤돌아서 무작정 뛰었다. 흐르는 강물을 향해 몸을 날렸다.

"안 돼애애앳!"

헤이하치로의 절규가 귓가에 들리자 치요는 저절로 씨익 웃음이 났다. 마침내 헤이하치로한테서 벗어났다.

다음 순간 우릉우릉 소리가 나고 치요는 물속에 있었다.

그대로 마구 떠내려갔다. 물살이 세고 변덕스러웠다. 가차 없이 치요를 떠밀어 바닥 쪽으로 끌어당겼다가는 다시 떠밀어 올렸다. 치요는 자기가 나뭇잎이 된 것 같았다. 빙글빙글 강물이 맘대로 가지고 노는 나뭇잎이!

아구리코를 쥔 손은 되도록 물 위로 꺼내 놓으려고 애쓰면서 치요는 죽을힘을 다해 눈을 뜨고 주위를 살폈다. 풍경은 눈이 핑핑 돌도록 바뀌었다. 숲의 나무. 물속. 강물. 물속.

갑자기 옆구리에 강렬한 통증이 몰려왔다. 그와 동시에 돌고 있던 풍경이 딱 멈추었다. 떠내려오다가 바위와 바위 사이에 끼어 있던 나무에 운 좋게 걸린 것이다.

통증이 심해 정신을 잃을 것 같았지만 치요는 한 손으로 나무에 매달렸다. 그리고 다른 한 손을 폈다. 흠뻑 젖어 물이 뚝뚝 떨어지는 아구리코가 치요를 보았다.

'아아 살아 있다. 잘 됐어.'

미소 지은 다음 치요의 눈길이 주위를 헤맸다. 이 바위 위에 올라가면 어떻게든 강 건너 쪽까지 갈 수 있어 보였다. 치요는 나무 위로 기어 올라가려고 했다. 그러나 물에 잠겨 있던 나무는 너무 물렀다.

몸무게를 싣자, 나뭇가지가 힘없이 부러지고 치요는 균형을 잃었다.

"안 되겠어!"

치요는 엉겁결에 예기치 않은 행동을 했다. 머리로 생각하기보다 먼저 아구리코를 바위 위를 향해 내던진 것이다. 아구리코가 바위 위에 착지하는 동시에 치요가 풍덩. 강물은 치요를 집어 삼켜졌다.

"끼이이이잇!"

아구리코의 비통한 외침이 울려 퍼졌다.

대결

치요는 무서운 속도로 떠내려갔다. 물이 잡아당겨 숨도 쉬기 힘들었다.

문득 소용돌이에 휘말려 바닥으로 쑤욱 끌어당겨졌다. 죽을 힘을 다해서 위로 떠 오르려고 했지만 조금 전 부딪혔던 옆구리가 아파서 도무지 왼팔을 움직일 수 없었다. 점점 바닥으로 밀려 내려갔다.

버둥거리고 있는데 퍽 하고 머리에 강한 충격이 몰려오고, 눈앞이 캄캄해졌다.

다음에 정신을 차렸을 때, 치요는 깊은 바닥에 누워 있었다. 주위에는 무언가 빨간 것이 떠 있고 슬금슬금 조용하게 퍼져나갔다.

빨갛게 물든 물을 치요는 멍하니 지켜보고 있었다.

그때 그 빨간 물을 헤치고 무언가가 곧장 이쪽을 향해 왔다.

아구리코였다. 여우 모습이 아니고 여자아이 모습이었다.

아구리코는 물을 끊어내는 듯이 헤엄쳐 와서 치요를 안았다. 치요는 자기 몸이 둥둥 들려지는 것을 느꼈다. 쑥쑥 물을 밀어 내면서 위로 올라갔다. 그렇게 마침내 물 밖으로 튀어나왔다.

공기에 닿자마자 추위와 고통과 숨 막힘이 한꺼번에 몰려왔 다. 죽는구나 싶어서 치요는 갑자기 무서워졌다.

흐느껴 우는 치요를 땅바닥에 내리면서 아구리코는 소리내 불렀다.

"치요, 움직이지 마! 지금 구해줄 거니까!"

그렇게 외치더니 아구리코는 치요의 머리와 옆구리에 손을 갖다 댔다. 치요는 비명을 질렀다. 끔찍한 고통이 밀려왔다.

그러나 다음 순간, 스르르 아픔이 가라앉기 시작했다.

아구리코의 손바닥에서 뜨거운 파동이 흘러나왔다. 그것은 치요의 몸으로 전해져 상처 입은 곳에서 아픔을 거두어 갔다.

'아구리코 님의 힘이다. 아구리코 님이 상처를 치료해주고 있어.'

얼마 지나지 않아 치요는 자기 힘으로 일어날 수 있었다.

치요는 머리 뒤에 살짝 손을 대보았다. 커다랗게 상처가 벌어 져 있었는데 말끔하게 닫혀 있었다. 자국조차 없는 것 같다. 옆 구리도 마찬가지였다.

놀라서 눈을 껌벅거리는 치요에게 아구리코는 마음이 놓인 다는 듯 웃어 보였다.

"다행이다. 한발 늦은 게 아닌가 해서 조마조마했는데. 그대는 강한 아이다."

치요는 마주 보고 웃으려고 했다. 그러나 할 수 없었다. 무언가가 마음에 걸렸다.

치요는 아구리코를 가만히 바라보았다. 보면 볼수록 이전의 아구리코와는 어딘가 다른 느낌이 들었다. 그 사실이 몹시 마음을 어지럽혔다.

입을 다물고 있는 치요에게 아구리코는 근심스럽게 물었다.

"왜 그러는가, 치요? 아직 어디가 아픈가?"

"아니요. 그게 아니라…… 아구리코 님, 어떻게 그 모습으로 다시 돌아오시게 됐어요?"

아직 며칠은 여우 모습으로 있어야 할 텐데. 게다가 치요를 치유하는 힘은 대체 어디에서 샘솟은 걸까?

치요의 물음에 아구리코는 신비로운 미소를 떠올렸다.

"그대는 진정 총명한 아이다. 내가 이 모습으로 돌아올 수 있는 건 굴레를 벗었기 때문이다. 아구리 숲의 백성이라는 굴레 말이다. 이제 나는 아구리코가 아니다."

아구리코가 아니다.

아구리코의 말이 뜻하는 의미를 치요는 이해할 수 없었다. 어리둥절해 하는 치요에게 아구리코는 천천히 설명을 시작했다.

"치요. 본래 오래된 신과 영혼이라는 존재는 땅에서 힘을 받는 법이다. 나 같은 숲의 아이는 특히 태어난 땅과 강하게 이어져 있어. 전에도 얘기했었지? 나는 아구리 숲에서 힘을 받았다고. 그런데 나는 아구리 숲에서 오랫동안 떨어져 있었고, 그래서 힘도 약해져 있었다."

"……."

"그런데 어디에도 속하지 않은 자, 즉 '멀어진 자'가 되면 어느 정도 힘을 손에 넣을 수가 있어. 고향과 이어진 끈을 완전히 끊음으로써 그때까지는 없었던 힘이 깃드는 것이지. ……아까 나는 힘을 간절히 원했다. 그래서 아구리 숲과의 끈을 끊은 거야."

덕분에 너무 늦지 않아 다행이라고 웃는 아구리코를 치요는 믿을 수가 없는 심정으로 바라보았다. 정신을 차리자마자 피가 거꾸로 솟는 것 같은 분노를 느꼈다.

"왜, 왜 그런 어리석은 일을 했어요?"

절규하는 치요에게 아구리코는 놀란 표정으로 되물었다.

"어리석은 일? 뭐가 어리석다는 것이냐? 덕분에 그대를 구할 수 있었어. 나에게는 무엇보다 중요한 일이다."

"그, 그렇지만 고향과의 끈이 끊어졌다면…… 그건 이, 이제 아구리 숲에는 돌아갈 수 없다는 뜻이잖아요?"

아구리코의 눈이 얼핏 흔들렸다.

"네 말이 맞는다. 그 숲에서 사는 것도, 돌아가는 것도 이제 나에게는 허락되지 않는다. 나는 이제 더 이상 아구리 숲의 아이가 아니니까 말이다."

그렇다면 모든 일이 다 허사가 된 게 아니냐고 치요는 울부짖었다.

"그렇게, 그렇게 아구리 숲으로 돌아가고 싶어 했잖아요! 그런데 나 따위를 살리려고 어리석어요! 아구리코 님은 어리석은 바보예요!"

치요는 울음을 터뜨렸다. 자기를 살리기 위해서 아구리코는 말도 안 되게 큰 희생을 치렀다. 그 사실이 치요를 괴롭혔다.

몸부림치는 치요를 앞에 두고 아구리코의 얼굴이 갑자기 엄숙해졌다.

"물론 나도 아구리 숲으로 돌아가고 싶었다. 하지만 그에 못지않게 그대도 소중하다. 아니 치요, 잘 들어라. 나는 그대를 잃는 것이 죽을 만큼 두려웠어. 강이 그대를 삼키는 것을 보았을 때 정말 얼마나 무서웠는지……."

그렇게 말하고 아구리코는 치요를 꼭 안아주었다.

"치요, 날 이해해줘. 그대는 무엇과도 바꿀 수 없는 나의 벗이야. 그 벗이 죽는 걸 보고 있으면 내 마음도 죽게 될 거야."

"그, 그래도 아구리 숲에 돌아갈 수 없다면 의미가 없잖아요."

"그렇지 않아. 그렇고말고. 자 보라고, 그대 덕분에 나는 밖에 나와 있어. 이렇게 맑은 공기를 마시고, 햇살을 받을 수 있어. 이렇게 근사한 일을 의미 없다고 말하지 말아 주게, 결계에 갇혀 있던 것과는 사뭇 다르지. 그저 아구리 숲에 돌아갈 수 없는 것뿐이야."

아구리코는 단호하게 말했다.

"그대를 구하는 것도 '멀어진 자'가 된 것도 나 스스로 결정한 일이야. 나는 후회하지 않아."

"아구리코 님."

"그러니 울지 말고 웃어줘, 이 좋은 날을 웃는 얼굴로 축하해 주게."

아구리코의 바람을 들어주려고 치요는 억지로 웃으려고 했다.

그때다. 활짝 개었던 아구리코의 얼굴이 싹 굳어졌다. 치요를 보호하듯이 서서 매서운 눈으로 나무 뒤쪽을 노려보았다.

치요도 그쪽을 보았다. 어두운 나무 뒤쪽에서 아고 헤이하치로가 달려오는 참이었다.

헤이하치로는 이를 드러내고 괴물 같은 형상이었다. 그 얼굴을 보기만 해도 치요는 어지럼증이 났다.

그러나 아구리코는 꿈쩍도 하지 않았다. 그저 한마디 했다.

"그 이상 오지 마라, 헤이하치로."

아구리코의 말에 헤이하치로는 딱 멈추어 섰다. 그러나 그 눈은 아구리코를 보고 있지 않았다. 헤이하치로는 오로지 치요를 노려보고 있다.

"겁도 없이 날 배신했구나, 이 계집애야."

헤이하치로는 뱀 같은 소리를 쉭쉭 토해냈다.

"아고 곳간의 쌀을 배불리 먹고, 아고의 옷을 실컷 입은 주제에 잘도 배신했어. 이 은혜를 모르는 배은망덕한 계집!"

이 말에 치요는 어찌 된 영문인지 가슴이 철렁 내려앉았다. 왠지 떳떳하지 못한 기분이 들어 자기도 모르게 고개를 숙였다. 그것이 아구리코를 분노하게 했다.

"어느 입으로 그런 말을 뱉는가, 더러운 놈아!"

하늘까지 닿을 것 같은 격한 소리로 아구리코는 외쳤다.

"은혜를 모르는 건 너희들이다! 나를 가두고 구십 년이나 저주받은 부를 탐해온 들개 같은 놈들 주제에!"

"드, 드, 들개라고!"

"들개를 들개라고 부르는 게 뭐가 어떻다는 거냐? 너희는 모르느냐? 나는 애초부터 너희 가문을 돕기 위해서 아구리 숲에서 나왔던 거다! 그런 나를 가둔 너희들은 은혜를 모르는 놈들이 아니냐? 너희들이 치요를 탓할 자격은 없어, 아고 헤이하치로!"

순간 헤이하치로는 푹 풀이 죽었다. 그 말이 틀리지 않는다는 걸 알기 때문이다. 그렇지만 아버지와 형의 얼굴이 머리에 떠올라 다시 분노와 미움이 솟아났다.

헤이하치로는 다시 소리쳤다.

"하지만 보복은 이미 했을 텐데! 당신은 나의 어머니와 형제, 내 형 아이들의 목숨을 앗아갔어! 사악한 기운을 써서 야금야금 말이야!"

"그래! 그것을 주저하지 않았어! 그러나 함부로 한 것도 아니지!"

아구리코는 아드득 이를 악물었다.

"나는 너희들이 알아주기를 바랐다. 부보다 중요한 것이 있다는 걸 깨닫고 나를 그만 가두기를 바랐어. 하지만 너희들은 치요를 이용해서 당연한 보복조차 면하려고 했어! 얼마나 뻔뻔한지……. 너희들 어디에 다른 사람을 비난할 자격이 있을까! 너희들 아고는 마치 구더기 같아. 이 세상 어디를 뒤져도 너희들만큼 더럽고 소름 끼치는 자들은 없을 것이야!"

부르짖을 때마다 아구리코의 몸은 분노로 부풀어 오르는 것 같았다. 한편 헤이하치로의 얼굴은 점점 화가 나서 파리해졌다.

이대로 두면 무서운 일이 벌어질 수밖에 없다.

그렇게 느낀 치요는 뒤에서 슬쩍 아구리코의 손을 잡았다.

"아구리코 님……."

울음을 터뜨릴 것 같은 치요 얼굴을 보자 아구리코는 불같았던 분노가 가라앉는 것을 느꼈다.

괜찮다고 치요를 향해 머리를 끄덕여 주고 아구리코는 다시 헤이하치로를 노려보았다.

"가라! 아고의 피로 더럽혀지는 것은 질색이다. 두 번 말하지 않는다. 목숨이 아깝거든 가라, 아고!"

공기를 싹둑 끊어내는 듯한 칼 같은 소리였다.

천하의 헤이하치로도 비틀비틀 몇 발짝 물러났다. 그러나 거기서 걸음을 멈추었다.

순순히 혼자 저택으로 돌아가면 아버지는 뭐라고 할까? 형은 어떤 표정을 지을까? 싫다. 그래서는 안 된다. 참을 수 없다. 반드시 보호신 님을 잡아야 한다.

가는 척하면서 헤이하치로는 품에서 염주를 꺼냈다. 그리고 눈에 보이지도 않을 재빠른 솜씨로 염주를 아구리코에게 던졌다. 염주는 겨누기라도 한 듯이 날아서 멋지게 아구리코의 목에 걸렸다.

"아하하하핫! 너는 아고 집안 것이다! 어디에도 안 보내! 이리 와라, 아구리코! 와서 나에게 머리를 숙여!"

하지만 헤이하치로의 의기양양한 소리는 높은 웃음소리에 가려 사라졌다.

멀어진 자

웃는 것은 아구리코였다. 한참을 웃은 다음 아구리코는 무시하듯이 염주를 잡아 들었다.

"이런 이런. 이건 옛날에 본 기억이 있는 염주로군. 과연 아고 집안이야. 만약을 위해서 이것을 갖고 온 것이냐?"

헤이하치로는 새파랗게 질려서 염주를 쥐고 어르는 아구리코를 바라보았다.

"이런 말도 안 돼! 어떻게 그걸 잡을 수 있지? 왜 따르지 않느냐고?"

"왜냐고? 모르겠는가, 헤이하치로?"

아구리코는 비웃음을 가득 담아서 말했다.

"모른다면 가르쳐주지. 한 번 풀린 봉인은 두 번 다시 걸리지 않는 법이다. 이 염주가 효력을 잃은 건 아니지. 내가 이미 지배당하지 않는 힘을 얻은 것뿐이야. 구십 년 전에 너희에게 잡힘으로써."

"뭐, 뭐라고?"

"주술이라는 것은 병이나 한가지다. 아무리 무서운 병도 한 번 걸리면 두 번 다시 안 걸리지. 이제 알겠나, 아고 헤이하치로? 설령 아무리 강한 주술사가 와서 주술을 건 물건을 사용한다 해도 너희들은 두 번 다시 나를 잡을 수는 없다."

아구리코가 목에 건 염주를 잡아 끊어 버렸다. 아구리코 손 안에서 염주는 활활 푸른 불꽃에 휩싸여 타 없어졌다.

"읍, 으으읍!"

이번에야말로 헤이하치로는 뒷걸음질을 쳤다. 그 얼굴은 납빛으로 변했다.

"가라."

차갑게 말하고 아구리코는 치요 쪽을 보았다.

"자, 가자 치요. 아고 냄새는 이제 지긋지긋하다. 여기를 떠나자."

"네. 네."

그러나 치요는 좀처럼 일어설 수가 없었다. 아구리코와 헤이하치로가 주고받는 모습을 보고 얼이 빠져버렸기 때문이다.

치요를 일으켜 세우려고 아구리코가 쪼그려 앉았다. 그 모습에 헤이하치로의 눈에 광기가 깃들었다.

"우와아아아악!"

괴성을 지르며 헤이하치로는 칼을 뽑아 들었다.

"이대로 갈 수는 없다. 두 번 다시 잡을 수 없다면 그래도 좋다. 여기서 아구리코의 명줄을 끊어주겠다."

헤이하치로는 눈을 번득거리고 입에서 거품을 뿜으면서 아구리코를 향했다.

"천하에 어리석은 놈."

아구리코는 조용하게 중얼거리고 이쪽을 향해 오는 헤이하치로를 마주했다. 그 손가락 끝에 날카로운 손톱이 뻗어 있었다.

여기서 헤이하치로를 죽이면 아구리코에게 되돌릴 수 없는 일이 벌어진다.

"안 돼요! 아구리코 님, 그만두세요!"

하지만 아구리코와 헤이하치로의 거리는 점점 좁혀져 갔다. 헤이하치로가 칼을 휘두르고, 아구리코의 손톱이 번쩍 빛나는 것이 치요의 눈에 들어왔다.

"누가, 누가 제발 아구리코 님을 살려줘요! 아구리코 님을 구해줘요! 제발!"

치요가 몸을 떨면서 소리친 바로 그때, '퍼억' 하는 둔한 소리가 울렸다. 이어서 헤이하치로의 다리가 고꾸라지더니 쿠웅 넘어졌다.

끝내 죽어 버렸구나 하고 치요는 울면서 아구리코에게 뛰어갔다.

"아, 아구리코 님!"

"내가 아니다. 누군가 헤이하치로에게 돌을 던졌어. 누구냐?"

아구리코가 날카롭게 소리치자 조금 떨어진 나무 뒤에서 사람 그림자가 나타났다.

"이누마루 님!"

이누마루였다. 온몸이 상처투성이고 옷은 거의 다 찢어져 너덜너덜했지만 크게 다치지는 않은 모양이다.

"아는 사람이냐, 치요?"

"아, 네. 저택에서 한 번 도움을 받은 적이 있어요. 아, 적송 껍질을 준 사람이에요."

"아아, 아고의 개를 돌본다는 자로군."

비틀비틀 다가온 이누마루는 먼저 기절한 헤이하치로를 묶었다. 그다음 아구리코에게 공손하게 무릎을 꿇었다.

"무사하셔서…… 다행입니다."

그렇게 가만히 말하는 목소리에는 진심이 담겨 있었다.

"다 틀렸다고 생각했습니다. ……당신들이 달아난 것을 알고, 저도 곧장 뒤를 따라왔습니다. 헤이하치로를 막고 싶었지만, 녀석은 말을 타고 갔기 때문에 도저히 따라잡지 못해서……, 아무튼 무사해서 다행이에요."

아구리코는 이누마루를 물끄러미 보고 있다가 마침내 입을 열었다.

"우리를 구해준 것, 먼저 고마움의 예를 표하네. 그런데 영문을 알고 싶군. 그대는 아고의 하인 아닌가? 그런데 왜 주인을 배반하고 우리를 구해주는 거지?"

"아고를 주인이라고 생각한 적은 한 번도 없습니다. 녀석들은 내 원수예요."

이누마루는 뱉듯이 말했다.

"나는 여기서 훨씬 북쪽에 있는 화록이라는 산 출신입니다. 우리 집안은 대대로 산을 지키는 일을 해왔어요."

"그럼 그대는 산지기인가?"

"예. 화록산은 아름다운 곳이었어요. 온갖 기운이 깃들고, 영혼이 쉬어가는 영산이기도 했어요. 그런데 옛날의 그 화록산은 이제 없습니다. 십 년 전, 아고가 산을 끊어버렸기 때문이에요."

아고 가문 남자들이 몰려온 것을 보고 산지기들은 몹시 놀랐다고 했다. 보호신이나 주인이 없지만, 화록산은 영지로서 이름이 높아 옛날부터 사람들이 함부로 손을 대면 안 되는 곳으로 알려져 왔기 때문이다

"내 아버지와 어머니는 곧장 아고에게 당부했어요. 산을 다치게 하지 말라고. 이곳은 사람이 함부로 파헤쳐도 되는 곳이 아

니라고요. 하지만 아고는 귀를 기울이지 않았어요. 그러기는커 녕 아버지와 어머니를 잡아두고, 화록산을 더럽히는 일을 처음 부터 끝까지 지켜보게 했어요!"

이누마루의 눈에서 눈물이 흘렀다.

"화록산은 작은 산이었어요. 많은 사람 발에 밟히고, 나무가 베어져 나가 벌거벗은 산이 되는 데 그리 오래 걸리지 않았어 요. 그렇게 드러난 산의 맨살에 녀석들은 말뚝을 박고 곡괭이 로 파헤치더니 이번에는 금을 캐기 시작했어요."

이누마루의 양친은 이 비극을 견디지 못했다. 부친은 온전한 정신을 잃고 허망하게 죽었다. 어미도 그 뒤를 따르듯 이 세상 을 떠났다.

그렇게 이누마루만 살아남았다. 가족도, 살 곳도, 지켜야 할 것조차 잃은 열일곱 살 소년이 혼자 이 세상에 남겨진 것이다.

"나는…… 몸속이 텅 비어 버렸어요. 모든 걸 다 잃고……, 이제 복수밖에 남은 게 없었어요. 화록산과 부모님의 원수를 갚는 것이 내가 살아갈 이유가 되었습니다."

하지만 아고 가문은 광대한 영지를 갖고, 도읍의 무사나 귀 족과도 친분이 있었다. 복수를 이루기 위해서는 아고의 품 깊숙 이 들어가 무언가 약점을 찾을 수밖에 없었다.

"나는 이름을 바꾸고 아고 저택을 찾아가 나를 써달라고 간

청했어요. 나는 원래 동물을 잘 다루었고, 아고 집안은 개를 많이 키운다는 말을 들었으니까요."

용케 고용된 이누마루는 오로지 개만 생각하고, 말수 없는 무표정한 젊은이가 되어 갔다. 그렇게 함으로써 아고에 대한 증오도 감출 수 있었다.

그러는 한편, 이누마루는 몰래 움직이기 시작했다. 아고의 약점은 좀처럼 알아낼 수가 없었지만, 산지기 나름의 감으로 알아차렸다. 아고의 번영에는 사람이 아닌 존재의 힘이 얽혀 있다는 것을.

그렇게 되자, 별채가 가장 수상했다. 하인들은 절대로 가까이 가면 안 된다고 엄하게 단속했기 때문이다. 그렇다면 대체 그 안에 누가 있을까? 그것을 반드시 밝혀내야 했다. 정체도 모르면서 어쭙잖게 손을 댈 수는 없었다.

이누마루는 좀처럼 비밀을 알아낼 수가 없어서 초조했다. 무리할 수는 없었다. 자기의 정체가 드러나면 아무 소용이 없었기 때문이다.

두 해가 헛되이 지나갔다. 그러던 어느 날, 생각지도 못한 돌파구를 찾았다.

그날, 이누마루는 마루 밑을 기어 다니고 있었다. 강아지가 마루 밑으로 들어갔기 때문에 찾으러 들어간 거였다. 어두운

마루 밑을 기어 다니는 사이에 문득 위에서 아이 우는 소리가 났다. 이어서 아고 유사이가 꾸짖는 소리도 들렸다.

"이 어리석은 녀석! 보호신 님을 동정하다니, 가당치도 않아. 헤이하치로!"

이누마루는 귀를 쫑긋 세웠다. 보호신 님? 그것은 혹시…….

이누마루가 밑에서 듣고 있다는 걸 모른 채 유사이의 말은 이어졌다. 아무래도 갓 열 살이 된 차남을 꾸짖고 있는 것 같았다.

"보호신 님이 밖으로 나오지 못해서 가엾다고? 나 원. 네 형은 그런 약해빠진 소리는 한 마디도 한 적 없다. 알았느냐? 우리 선조들께서 보호신 님을 잡아 가두었어. 풍족해지기 위해서 그렇게 한 것이다. 그것이 나쁜 일이냐? 아니 그렇지 않아. 우리가 보호신 님보다 똑똑하고 강했다. 그저 그것뿐이다. 늑대가 토끼나 새를 잡아먹듯이 강한 자는 무엇을 해도 괜찮은 거다, 헤이하치로. 그것을 잘 기억해 두어라!"

"네에, 네. 자, 잘못했습니다. 앞으로는 아, 아고 집안 사내답게 되겠습니다."

"그렇게 해라. 네 형을 잘 따라 하는 거다."

부자의 대화는 그렇게 끝났다.

마루 밑에 있던 이누마루는 흥분해서 몸이 떨렸다.

역시 별채에 있는 것은 신령이었다. 그것도 이 신령은 자기

의지로 아고 가문을 돕고 있는 것이 아니다. 갇힌 채 이용당하고 있다.

그 뒤로 이누마루는 별채를 부서뜨릴 방법을 본격적으로 고민했다. 매일 밤, 깊은 밤에 별채 주변을 어슬렁거리며 부서뜨릴 수 있는 곳은 없을까 찾았다.

맨 처음에는 별채 문 자물쇠에 식초를 뿌려 조금씩 녹슬게 해서 헐겁게 하려고 했다. 그런데 자물쇠는 일 년에 한 번씩 새로운 걸로 바꾸었기 때문에 소용없다는 걸 알았다.

별채 지붕에서 안으로 숨어 들어가 보려고도 했다. 하지만 기와는 못을 박아서 벗겨지지 않도록 만들어져 있었다. 억지로 벗기려고 했다가는 기와가 깨져 굉장한 소리가 나버릴 것이다.

'개 우리에서부터 땅속으로 굴을 파서 별채로 들어가면 어떨까?'

이것은 모든 면에서 알맞았다. 개 우리에 드나드는 것은 자기와 개들뿐이다. 게다가 이누마루는 늘 개를 상대하기 때문에 흙투성이로 다녀도 조금도 수상할 게 없다. 다만 무섭도록 시간과 노력이 들 뿐이다.

이누마루는 개 우리 한쪽 구석을 뒤집어 파나가기 시작했다. 생각보다 훨씬 어려운 일이었다. 흙은 딱딱했고, 작업은 모두가 잠든 밤에만 할 수 있었다. 비가 내리면 굴이 막히고, 겨울이 되면 흙이 얼어서 좀처럼 진척이 없었다. 게다가 개 우리에서 별채까지는 거리도 많이 떨어져 있어서 가끔 밖으로 나가 방향을 확인해야 했다.

뒷마당에서 치요를 만났던 날도 굴을 파고 있는 방향이 맞는지 확인하던 중이었다고 이누마루는 이야기했다.

"그때는 조마조마했어요. 설마 그런 밤중에 치요를 만날 거라고는 꿈에도 생각지 못했거든요. 그래서 적송 껍질을 가지고 가서 비위를 맞추려고 했어요. 내가 하고 있던 일을 헤이하치로에게 일러바치면 안 되니까요."

"내가? 헤이하치로에게 이른다고?"

눈을 깜박거리는 치요에게 이누마루가 끄덕였다.

"너는 별채에 드나드는 게 허락된 유일한 하녀였으니까. 대우도 우리하고는 달랐고. 그래서 아고 집안에 아주 충실할 거라고 생각했거든."

서로를 좀 더 빨리 알았더라면 좋았겠다고 이누마루는 가볍게 웃었다.

그때까지 잠자코 이야기를 듣고 있던 아구리코가 이누마루의 손을 살짝 잡았다. 놀라는 이누마루를 개의치 않고 이구리코는 거친 이누마루의 손을 자기 손으로 슬그머니 쓰다듬었다.

"이 손…… 아아 그렇구나. 몇 년 동안이나 굳은 흙을 계속

파냈던 손이야. 팔 년이나 그대는 묵묵히 흙을 파내 주었어. 나를 구해내려고 해주었어."

아구리코의 눈에 눈물이 송골송골 맺혔다.

"몰랐구나. 치요 말고도 나를 구해내려고 애쓴 자가 있었다니……, 계속해서 내가 모르는 곳에서 목숨을 거는 심정으로 흙을 파내 주다니……. 다행이야. 그대들 덕분에 사람을 마음 깊이 미워하지 않게 되었어. 고마워, 이누마루. 고마워."

나지막하게 말하고 아구리코는 이누마루에게 숨을 불어 넣었다. 눈앞에서 점점 상처가 낫는 것이 보였다. 이누마루에 대한 아구리코의 작은 마음이었다.

이누마루의 상처를 치료한 뒤 아구리코가 물었다.

"이누마루, 그래서 앞으로 그대는 어떡할 것인가?"

"화록산으로 돌아갈 겁니다."

이누마루는 딱 잘라 말했다.

"금을 다 캐낸 뒤 아고 집안은 화록산을 방치했습니다. 더 이상 금이 나오지 않는 산은 아고에게는 아무 의미도 없는 그저 벌거숭이 산이니까요. 하지만 제게는 고향입니다. 나는 산지기로서 산을 치유할 작정입니다. 나무를 심어 새와 짐승들을 다시 부르고……, 물론 쉽지는 않겠지만 해볼 겁니다."

치요는 당당하게 앞으로 향하는 이누마루의 모습이 눈부시다고 생각했다. 그러나 다음 순간, 얼어붙었다. 아구리코가 생각지도 못한 말을 꺼냈다.

"그래. 그렇다면 한 가지 부탁이 있다. 치요를 데리고 가주지 않겠나?"

갑작스러운 말에 치요는 눈을 부릅떴고, 이누마루도 놀란 얼굴이었다.

"치요를 데려가라고요?"

"그렇다. 그리고 평온하게 살 수 있는 곳을 찾아주게. 이 아이는 그동안 아주 힘들게 살았다. 이제 행복해져야 한다. 여유롭게 살 수 있는 좋은 마을에서 말이야."

아구리코는 다정한 눈빛으로 치요를 보았다. 치요는 하얗게 질려서 간신히 목소리를 짜내며 말했다.

"무, 무슨 말씀이세요? 마을이라니…… 물론 아구리코 님도 가는 거죠? 같이 가시는 거죠?"

조르듯이 말하는 소녀에게 아구리코는 천천히 고개를 저었다.

"그건 불가능한 일이야. 그대들 덕분에 사람이 사악한 존재만은 아니라는 걸 알았다. 그래도 나는 두 번 다시 사람의 집안에서 살고 싶지 않다. 이것만은 양보할 수 없어. 하지만 치요는 사람이다. 사람의 삶을 살아야 한다."

아구리코는 곧장 치요를 보고 말했다.

"사람들에게 돌아가라, 그리고 행복해지는 거다. 나는 걱정 안 해도 된다. 가끔 나를 떠올려 주면 된다. 나는 그거면 충분하다. 그렇게 하는 것이 가장 좋은 방법이야."

아구리코는 치요를 위한 일이라고 생각해서 이렇게 말했지만 치요는 어이가 없었다. 왜 그런 말을 하는지 원망스럽기조차 했다.

치요가 이제까지 애써온 것은 모두 아구리코를 위해서였다. 그동안 아구리코와 함께 있었고 앞으로도 함께 있고 싶어서 어떤 괴롭고 힘든 일도 극복해 왔는데, 아구리코는 마치 볼일이 끝나 필요없다는 듯 치요를 버리려고 한다. 그렇게 생각하자 목 안에서 뜨거운 덩어리가 치밀어 올라왔다.

치요는 아구리코 앞을 가로막고 섰다.

"싫습니다! 아, 아무 데도 안 가요!"

"치요……."

"같이 있고 싶어요!"

얼굴이 시뻘게져서 치요는 절규했다.

"아, 아구리코 님 곁에 있고 싶어요. 저를 버리지 말아 주세요."

"버린다고? 치요. 그게 아니다."

"아니에요! 저 혼자 마을로 보내는 것은 버리는 거나 마찬가지예요. 사는 건 아무래도 상관없어요! 됐어요. 저는 저, 저는……."

말하는 사이에 눈물이 북받쳐 올라서 치요는 더 이상 말을 할 수가 없었다. 그래서 말 대신 그저 아구리코를 노려보았다.

아구리코는 난처한 표정을 짓고 있다가 괴롭게 한숨을 쉬었다.

"그것 말고도 이유가 있다. '멀어진 자'가 된 지금, 나한테 뿜어져 나오는 영기는 여태껏 하고는 비교할 수 없을 만큼 강하다. 빨리 헤어지지 않으면…… 그대는 정말로 변해 버린다. 그래서 서두르는 것이다."

"변해요? 변한다니 뭐가요?"

"치요. 그대는 알아차리지 못한 것 같지만 내가 지금 이렇게 살아 있는 것은 그대 덕분이다."

"넷?"

"그 독약은 너무 강했다. 사실 나는 다시 살아날 수 없었어. 죽지 않고 이렇게 살아 있는 것은 그대가 그대의 목숨을 나에게 흘려 넣어주었기 때문이야. 어떻게 그런 일이 가능했는지는 나도 잘 모르겠다. 알고 있는 것은 그대가 나에게 목숨을 나누어 주었다는 것뿐이다. 마음에 짚이는 일이 없는가?"

없다고 대답하려다가 치요는 말문이 막혔다. 아구리코가 다시 살아났을 때가 머리에 떠올랐다. 황금빛 강이 자기한테서 아구리코에게로 뻗어 나갔다. 그것이 꿈이 아니라 정말로 있었던 일이었다면?

어리둥절해 하는 치요에게 아구리코가 말을 이었다.

"그냥 있어도 그대와 나는 파장이 맞는다. 그래서일까. 죽음을 서로 나눔으로써 내 안의 무언가가 그대 안으로 녹아 들어가 버렸다. 치요, 너의 감각이 평소보다 훨씬 예민하다는 것을 이상하게 생각하지 않았나? 공복인데, 음식을 먹고 싶지 않을 때도 있었을 거다! 게다가 여자아이 다리로 이만큼 오래 빨리 산속을 돌아다닐 수는 없는 거였어."

"……."

"분명하게 말하지. 그대는 사람이 아닌 것으로 변해가고 있다."

치요의 얼굴에서 핏기가 쑥 빠져나갔다. 사람이 아닌 것. 그말이 머릿속에서 둥둥 울렸다.

"그대는 정말로 아슬아슬한 곳까지 와 버렸어……. 그대를 후회하게 하고 싶지 않아. 이 이상 그대를 바꾸고 싶지 않아. 부탁이니까 제발 고집 부리지 말아줘."

부탁이라고 아구리코는 다시 반복했다.

치요는 창백한 얼굴로 아구리코를 가만히 보았다.

아름다운 얼굴. 빛나는 눈. 영혼이 빛이 넘치는 그 모습.

아아, 역시 사랑한다. 곁에서 떨어지고 싶지 않다.

돌아올 답은 하나밖에 없었다. 마음으로 바라는 것은 하나밖에 없었다. 그래서 치요는 대답했다.

"그래도…… 나는 아구리코 님과 함께 있고 싶어요."

"치요……."

아구리코는 울면서 억지로 웃음을 지었다. 아구리코에게 그런 표정을 짓게 하는 것이 치요는 괴로웠다. 그래도 이것만은 도저히 양보할 수 없다.

그때다. 그때까지 잠자코 있던 이누마루가 입을 열었다.

"한 가지 방법이 있습니다. 아구리코 님과 치요, 양쪽의 소원을 다 이룰 수 있는 방법이 딱 하나 있어요."

"뭐라고?"

"저, 정말요?"

"네."

그렇게 말하고 이누마루는 아구리코에게 무릎을 꿇었다.

"화록산의 산지기, 구레마루가 간곡히 말씀드리옵니다. 부디 화록산으로 와 주십시오. 속한 땅을 갖고 있지 않은 '멀어진 자'라 말씀하신다면 꼭 화록산의 보호신이 되어 주십시오."

"뭐라고? 그게 무슨 말이냐?"

"아구리코 님이 화록산의 보호신이 되신다면 더 이상 '멀어진

자가 아닙니다. 힘이 주변 사람에게 영향을 미치는 일은 없어질 터이고. 제가 사당을 짓겠습니다. 그리고 치요는 그 사당을 지키면 됩니다. 이렇게 하면 둘의 끈은 끊어지지 않고, 각자의 세계에서 살아갈 수 있습니다. 이것이 가장 좋은 방법이라고 생각합니다."

한참 동안 아구리코는 아무 말도 하지 않았다. 오로지 눈만 크게 뜨고 있다. 그런 아구리코를 치요는 숨 막히게 바라보았다.

'제발, 제발 아구리코 님이 승낙해 주시기를!'

오랫동안 아구리코는 침묵하고 있다가 마침내 희미한 소리로 말했다.

"이누…… 아니 구레마루라고 했나? 그대의 의견 고맙게 받아들이기로 하지."

"아구리코 님!"

몹시 기뻐하며 달려들려고 하는 치요를 아구리코는 진지한 얼굴로 만류했다.

"하지만 화록산에 가기 전에 한 가지 바로잡아 둘 일이 있다."

아직도 무슨 문제가 있는 건가 해서 치요는 마음이 두근두근 불안했다. 그런 치요의 손을 잡고 아구리코는 말했다.

"나는 이제 아구리코가 아니다. 내 이름은 화톳불이다. 화록산의 화톳불."

그렇게 말하고 아구리코였던 여우령은 빙긋 웃었다. 참으로 눈부신 미소였다.

눈이 두껍게 쌓인 북쪽 땅에 부와 권력을 원하는 대로 가졌던 가문이 있었다. 너무나 운이 좋은 그들에게 "저 집안에는 복신이 있다."고 소문이 날 정도였다.

그러나 어느 날을 계기로 갑자기 쇠퇴했다. 저택은 벼락을 맞아 불에 타 버렸고, 논과 밭은 장마에 쓸려 가 버려 불행이 이어지더니 점점 부를 잃어갔다.

거의 반년 남짓 그들은 모든 재산을 잃고 어딘가로 사라졌다. 그 안타까운 최후를 보고 사람들은 "그들한테서 복신이 달아났다."고 수군거렸다고 한다.

글 히로시마 레이코

가나가와현에서 태어났다. 판타지 소설 작가로 어린이들의 사랑을 받고 있다. ≪물 요정의 숲≫으로 제4회 주니어 판타지 소설 대상을 받았다.
우리나라에 번역 출간된 작품으로는 〈이상한 과자 가게 전천당〉, 〈십년가게〉, 〈신비한 고양이 마을〉 시리즈 등이 있다.

옮김 김정화

동국대학교 일어일문학과를 졸업하고, 한일아동문학을 공부하며 일본의 좋은 어린이책을 국내에 소개하는 일을 하고 있다.
옮긴 책으로는 〈폭풍우 치는 밤에〉, 〈신비한 고양이 마을〉, 〈이게 정말 뭘까?〉, 〈추리 천재 엉덩이 탐정〉, 〈이상한 과자 가게 전천당〉 시리즈 등이 있다.

신을 지키는 아이

초판 발행 2023년 1월 16일

글 히로시마 레이코 옮김 김정화
펴낸이 허경애
편집 김하민 디자인 최정현 마케팅 정주열
펴낸곳 도서출판 꿈터 출판등록일 2004년 6월 16일 제313-2004-000152호
주소 서울시 마포구 양화로 156, 엘지팰리스빌딩 825호 전화번호 02-323-0606 팩스 0303-0953-6729
이메일 kkumteo77@naver.com 블로그 blog.naver.com/kkumteo- 인스타 kkumteo
ISBN 979-11-6739-081-3(43830)

꿈꾸다 는 꿈터의 청소년 브랜드입니다.